이제니　2008년 경향신문 신춘문예로 등단했다. 시집『아마도 아프리카』
『왜냐하면 우리는 우리를 모르고』『그리하여 흘려 쓴 것들』
『있지도 않은 문장은 아름답고』를 출간했다. 편운문학상 우수상,
김현문학패, 현대문학상을 수상했다. 표면의 언어로써 세계의
세부를 쓰고 지우고 다시 쓰는 작업을 통해 이미 알고 있던 세계와
조금은 다른 세계, 조금은 확장된 세계에 가닿기를 바란다.

새벽과 음악
Dawn and Music

—

이제니

시간의흐름。

음악은 몸과 몸을 기대고, 고독과 고독을 맞대는,
아무것도 교환되지 않는 교환이다.
연주가와 청중의 몸이 두 개의 돌, 두 개의 물음,
그리고 엄청난 슬픔으로 서로를 응시하는
두 천사처럼 육체를 초월해 멀리 있지 않다면,
때론 사랑이라고도 말할 수 있을 것이다.

―미셸 슈나이더, 『글렌 굴드, 피아노 솔로』, 동문선

*

티베트 사원에서는 새벽에 '죽음의 명상' 수련을
한다. 눈을 감은 채로 잠자리에 누워 이런 생각을
하는 것이다. 나는 오늘 밤 죽을 것이다.
남은 하루에 나는 무엇을 해야 할까?

―다이앤 애커먼, 『새벽의 인문학』, 반비

음악만이 유일한 위안이라고 썼던
새벽의 아픈 당신에게

차례

I. 음악 혹은 고독, 어쩌면 사랑이라고 불렀던 순간들

체첵   12

어떤 음악은 눈물처럼 쏟아진다   22

누군가 널 위해 기도하네   28

문장은 위에서 아래로 쏟아져 내린다   42

도약하는 곡선이 있어 우리는   56

메탈리카 포에버   68

그 빛이 내게로 온다   76

꿈은 어디로부터 흘러와서 어디로 흘러가는가   86

사물에 익숙한 눈만이 사물의 부재를 본다   94

회복기의 노래   102

내 방 여행   108

마전   118

—

새벽 낚시를 위한 플레이리스트   130

불면의 밤을 위한 플레이리스트   138

II. 다시 밝아오는 새벽의 리듬으로부터

미지의 글쓰기　144

꿈으로부터 온 편지　154

직전의 궤적들　162

새벽녘 시를 읽는 그대에게　166

어둠 속에서 어둠을 향해　172

이미지는 언어를 요구한다　182

언어가 혼으로 흐를 수 있다면　188

종이의 영혼　196

백지는 삭제된 문장을 품고 있다　202

묘지 산책자의 편지　208

순간 속에서 순간을 향해　220

아침의 나무에서 새벽의 바다까지　226

—

주석　237

음악 혹은 고독, 어쩌면
사랑이라고 불렀던 순간들

체첵

— 꽃의 또 다른·이름

첫 시집을 내고 난 다음 해 겨울이었다. 이전과 같은 것은 쓸 수 없었다. 이전과 같은 것은 쓰기 싫었다. 멀리 떠나고 싶었다. 멀리 가면 무언가 다른 것을 쓸 수 있을 것 같았다. 멀어지려면 멀리 가야 한다고 생각했다. 심리적이고도 상징적인 거리를 넘어서서 몸으로 뚜렷이 각인될 수 있는 물리적인 거리를 건너가고 싶었다. 머나먼 시베리아라면. 그 혹한의 땅이라면. 무한한 무언가를 볼 수 있을 것도 같았다. 급히 넘겨야 할 원고들을 서둘러 넘기고. 써야 할 원고들을 가방 깊숙이 챙겨 넣고. 시베리아로 떠났다. 끝없는 설원 위를 끝없이 달리는 시베리아 횡단 열차를 생각하면서. 눈보라 휘몰아치는 정적 속의 자작나무 숲을 떠올리면서.

　　오랫동안 머릿속으로 그리던 것에 비해 시베리아에 도착하는 것은 너무나도 간단했다. 북경 공항을 경유해서 하루도 채 걸리지 않아 시베리아에 도착했을 때. 세상 끝에라도 가듯 길을 나선 것치고는 별다른 수고 없이 도착해서인지 진정 이곳이 그토록 그리던 시베리아인가 하는 생각마저 들었다. 냉동창고 같은 영하의 날씨만이 떠나온 거리를 가늠하게 했다. 얼마 남지 않은 낭만적 기대와 익히 예상했던 낙심 속에서 낯설고 낯익은 풍경들을 바라보는 것도 잠시, 시베리아 횡단 열차를 타기도 전에 갑작스럽게 사고를 당했다. 너무 멀리 떠나려 해서인지 죽음 앞까지 밀려갔다.

크라스노야르스크의 허름한 지역 병원을 시작으로 조금씩 더 큰 병원으로 옮겨갔다. 낙상 사고로 인해 척추뼈가 골절된 상태로 병원에 입원해 있는 한 달 동안 내가 할 수 있는 일은 병원 침대차에 누운 채 천장을 바라보며 이 검사실에서 저 검사실로, 이 병실에서 저 병실로 실려 다니는 것뿐이었다. 첫 번째 병실은 긴 직사각형이었다. 두 번째 병실은 좀 더 긴 직사각형이었다. 세 번째 병실은 정사각형에 가까운 직사각형이었다. 사각의 네 귀퉁이마다 세 개의 직선이 모여들었고 그 몇 개의 선분과 몇 개의 면이 이 세계를 떠받치고 있는 것 같았다. 사각은 점점 크게, 점점 작게 크기와 배열을 바꾸었고 삼각에서 사각으로 다시 사각에서 삼각으로 순간순간 다른 형상으로 분열하며 흐려지길 반복했다. 평생 걸을 수도 없이 전신 마비 상태로 누워지내야 될지 모른다고 생각하자 사각의 모퉁이는 매섭고도 냉혹한 눈초리를 띠기 시작했고 병실의 사방 벽면은 얼음보다 더 투명한 빛으로 녹아내렸다. 그러는 동안 하루하루 날들은 잘도 흘러갔고. 통증을 덜기 위해 수시로 맞은 모르핀과 모르핀 사이에서. 그 사이사이를 채우는 환각과 망각 사이에서. 깊고 어두운 밤이면 더 깊은 어둠 속으로 떨어져서는 안 된다는 듯이 두 눈이 절로 번쩍 뜨이는 날이 잦았다.

얼어붙은 창밖으로 흰 눈은 끝없이 내려앉았고. 마치 꿈결처럼. 높은 침상 저 너머로. 어디서부터 오는지 알 수 없는 비탄에 잠긴 장엄한 곡조의 아리아가 흘러들었다. 밤의 대기 속으로 스미듯 번지고 있는 〈아베 마리아〉는 영적인 차원으로 옮겨가고 있었다. 그것은. 그렇게. 가만히 돌아앉아 흐느끼는 울음 같았고. 누군가 대신해서 울어주는 말 없는 위로 같았고. 음과 음 사이의 휴지기 속에서. 스스로의 힘으로는 그 무엇도 할 수 없는 나약한 존재가 구원받기를 체념하는 순간에 돌연 다가오는 초탈한 마음처럼. 희망의 여지없음을 생의 헌사로 받아들이기로 한 불구자의 내면처럼. 끊어질 듯 끊어질 듯 이어지는 음과 음 속에서. 순간이나마 통증을 잊을 수 있었고. 아니. 천상의 그물처럼 드리워진 그 초월적인 아름다움 때문에. 이 세계에 내던져진 존재의 비통함이 곱절로 육박해 들어와서. 순간이나마 잊고 있었던 몸의 통증은 더욱 극심하게 몰려들었고.

　칠흑 같은 어둠 속에서도 훤히 보이는 천장의 네 귀퉁이를 올려다보면서. 내가 왜 이 머나먼 땅으로 오려고 했는지. 이곳에서 무엇을 보려고 했는지 생각했고. 매 순간 모양을 바꾸는 사각의 면과 색이야말로 내가 오래도록 꿈꾸어왔던 실현 불가능한 문장의 한 형태가 아닐까 하는 생각을 했고. 모든 문장은 이미 마음속에 있었다는 사실을 뒤늦은 후회처럼 곱씹었고. 마리나 마샤 나타샤 알리샤 올랴 올가 베라 나자 안나 이리나 세르게이 발렌티나. 약과 친절을 가져다준 사람들의 이름과. 우콜 스핀나 보인나 발리엣 구샤츠 무소르. 살기 위해서 익혔던 낯선 땅의 단어들을. 조용히. 입 밖으로. 소리내어 보고는 했다.

한 달 남짓 입원해 있는 동안 이틀에 한 번 저녁 일곱 시 무렵이면 병실 청소를 하러 오는 고려인 여자아이가 있었는데 체첵이라는 이름의 키가 작고 표정이 그리 많지 않은 아이였다. 근처 의과대학에 다니면서 저녁마다 병원 청소 아르바이트를 한다고 했다. 창백한 낯빛의 러시아인들 사이에서 모국의 얼굴을 하고 있는 여자아이를 보니 왠지 모르게 위안이 되어 될 수 있으면 천천히 청소를 하면서 병실에 오래 머물러 있기를 바랐지만. 여자아이는 몹시도 말이 없었고 늘 조금은 피곤한 얼굴로 들어와 서둘러 청소를 마치고 나갔다. 날들은 흘러갔고. 그러는 사이 여자아이와도 서툰 언어로 서로에 대해 몇 마디씩 소소하게 얘기를 나누게 되었다.

어느 저녁. 응급 수술 후에도 여전히 줄어들지 않는 통증과 마비 상태 속에서. 이 병실에서 걸어 나갈 수나 있을까. 한국으로 돌아갈 수나 있을까. 한국으로 갈 수 있다면 어떤 식으로 어떤 비행 편으로 이동을 해야 다친 몸의 이차 손상을 최소화할 수 있을까. 암담하고도 막막한 상황들을 생각하면서 울고 있는데 여자아이가 청소를 하러 들어왔다. 울고 있는 얼굴 때문인지 아이는 내 침대 머리맡으로 와서 작은 소리로 자꾸만 말을 건넸다. 허술한 철제 침대를 자기도 모르게 쓰다듬는지 침대가 살짝살짝 흔들렸다. 침대 머리맡이 그 아이의 온기로 인해 따뜻해졌다. 알아들을 수 없는 그 말을 알아듣기라도 한다는 듯 내 마음도 흔들렸다. 내가 한국에서 왔고 글을 쓴다는 것을 알아서인지 체첵은 자신의 이름이 한국말로 꽃이라고 알려주었다. 그러더니 자신의 목 뒷덜미를 가리키며 무언가 보여주려고 멀리 침대 발치로 가 섰는데. 목을 쉽게 가눌 수 있는 상태가 아니어서 가리키는 그것을 자세히 볼 수 없었다. 옆에 있던 사람이 체첵의 사진을 찍어주었고. 그리고. 그런 뒤. 휴대폰 화면에 찍힌 체첵의 목덜미를 보았을 때.

꽃.

그 목덜미 한가운데에는 '꽃'이라는 한글 하나가 문신으로 뚜렷이 새겨져 있었다. 꽃. 나는 그토록 슬프고 아름답고 강렬한. 그 어떤 단어를. 이전에는 본 적이 없었다. 그것은 누군가 머나먼 이국의 땅에서. 잊지 않기 위해서. 잃지 않기 위해서. 무언가 기억하기 위해서. 무언가 간직하기 위해서. 자신의 몸에 새겨놓은 간절하고도 간절한 모국어였다. 그리고 그것은 내가 그 먼 이국의 땅으로 밀려가. 기어이 보려고 했던. 보아야만 했던. 단 하나의 낱말이었다.

이후 시베리아에서 서울로 옮겨와 한 차례의 수술을 더 받은 뒤 몇 군데의 병원을 거쳐 다음 해 늦봄 나는 내 방으로 돌아왔다. 내 방은 직사각형에 가까운 정사각형이었다. 그것은 어쩐지 떠나기 전과는 조금 다른 너비와 넓이를 갖고 있는 것 같았고. 하루 이틀 지나자 언제 그랬냐는 듯이 혹은 내 머릿속 기억이 틀렸다는 듯이 조금씩 조금씩 내 두 눈은 천장의 네 모서리에 익숙해져갔다. 그리고. 그 후로도. 날들은 잘도 흘러갔고. 오랜 재활의 날들을 지나왔고. 아픈 허리 때문에 엎드릴 수도 앉을 수도 서 있을 수도 없어서. 천장을 향해 누운 채로. 작게 겹쳐 접은 종이를 손바닥 위에 올려놓고는. 그 작은 종이 위로 천천히 천천히 한 문장 한 문장 연필로 써 내려갔던 날들을 건너왔고. 그렇게 썼던 시편들을 묶어 두 번째 시집이 나왔고.

아픈 허리를 하고 앉아 이제야 그 시절에 대해 쓰고 있다. 무언가로부터 멀어지려고, 멀리 가려고, 발버둥치는 시간들을 온전히 겪어야만 또 다른 무언가를 제대로 쓸 수 있을 거라고 생각하면서. 글을 쓰는 한은 누군가 무언가가 너에게 나에게 우리에게 어떤 시간을 요구한다고. 저 멀리 극단까지 극한까지 가라고. 그렇게 갈 수밖에 없게 밀어붙이고 있음을 느끼면서.

며칠 전 저녁. 크라스노야르스크에서 이르쿠츠크까지. 한국행 비행기를 타기 위해 몸을 실어야 했던 시베리아 횡단 열차 속에서. 끝없는 눈밭을 끝없는 마음이 끝없이 달릴 때. 꼼짝없이 누워 뷰파인더도 보지 못하고 달리는 차창 쪽으로 손만 뻗은 채 하염없이 찍었던 자작나무 숲의 사진을 그제야 제대로 열어 보면서. 문득 체첵이라는 이름을 떠올렸고. 왠지 사무치는 기분이 들었고. 나는 멀리 두고 온 그 이름의 명확한 발음을 듣고 싶어서 웹사이트를 열어 체첵이라는 낱말을 검색해보았다. 체첵цэцэг이라는 낯선 기호 아래에는 '꽃, 꽃을 피우는 식물, 화초, 화훼, 관상식물' 이라는 뜻이 적혀 있었다. 그리고. 그런 뒤. 체첵이라는 낱말 옆의 스피커 버튼을 눌렀을 때. 째-쨱-. 그것은 누군가 낮고 무심한 목소리로 흉내 내는 깊은 숲속 어리고 작은 새의 울음소리 같았고. 채-찍-. 그것은 후려칠 수 없을 정도로 여리고 빛바랜 가죽끈을 부르는 소리 같기도 했다. 나는 반복해서 그 소리를 듣고 또 들었다.

결국 쓴다는 것은 자신이 익숙하게 알고 있는 단어 속에서 각자 자신만의 고유한 슬픔을 발견하는 것이라는 사실을. 자기가 가진 지극히 단순한 낱말 속에다 자신이 이미 알고 있는 또 다른 소리와 의미를 다시 새롭게 겹쳐 새겨 넣는 것이라는 사실을. 그렇게 일상 속의 아주 사소한 구멍. 아주 작은 틈새로. 추락하듯이 나아가면서. 비틀거리면서. 머뭇거리면서. 망설이면서. 주저하면서. 잘못 말할까 봐 전전긍긍하면서. 고쳐 말할 수밖에 없는 언어적 상황 속에서. 그렇게 세계와 사물들 앞에서 매번 뒤늦은 존재로서. 언어적 말더듬이 상태에

직면한 채로. 자기 지시적인 단어들을 반복하여 중얼거리면서. 그것들의 자리를 매번 바꾸면서. 나무는 나무야. 나무는 나무지. 나무는 구름이 아니잖아. 그런데 왜 나무가 구름이면 안 되는 거지? 나무는 구름이야. 나무는 구름이지. 나무가 구름이면 구름은 나무야. 그렇게 오늘 다시. 나무는 구름이고 구름은 나무라는 사실을. 꽃은 새이고 새는 꽃이라는 사실을. 존재론적으로도 그러하고 언어 논리적으로도 그러하다는 사실을. 나는 우주고. 우주는 나라는 사실을 몸으로 느끼면서.

쓴다는 것은 선행된 것에 비하면 늘 뒤늦을 수밖에 없는 일이고. 늘 쓰려는 그것을 망치는 일일 뿐이라는 생각을 하면서도. 매번 돌아오는 봄이 지난날의 봄이 아니듯이. 매번 돌아오는 꽃이 지난 계절의 꽃이 아니듯이. 언어적 문맥 속에서 하나의 세계가 스스로 움직이며 날아오르는 순간을. 그렇게 자기 개시의 순간이 활짝 펼쳐지기를 기다리면서. 시의 몸을 입은 언어가. 시의 혼이 흐르는 언어가. 자신을 옭아매고 있던 오래된 의미의 그늘을 지워내고. 한없이 자유롭게 날아오르는 추론의 언어로 다시 움직여가기를. 그런 의미에서 오늘 다시 새로운 봄이고 새로운 꽃이다. 언제까지나 어리둥절한 채로. 순진무구한 아이처럼 바라보면서. 오늘 나는 다시 봄을 모른다. 오늘 나는 다시 꽃을 모른다. 그리하여 어느 날 다시. 꽃의 또 다른 이름 앞에서 문득 울게 될 때까지.

어떤 음악은 눈물처럼 쏟아진다
— 새벽 일기 2016년 5월 23일 02시 43분

어떤 음악은 눈물처럼 쏟아진다. 군더더기가 될 것이 뻔한 수사를 허락하지 않는다. 불과 몇 줄 읽어 내려가는 것만으로 압도당하는 기분을 느끼게 하는 책처럼. 그러나 문자가 전하는 것과는 또 다른 물성으로. 이 추상적인 물성에 대해, 언어화될 수 없는 아름다움에 대해 늘 명확한 언어로 쓰고 싶었다. 그러나 말할 수 없는 것을 말하는 일은 매번 실패로 귀결된다. 당신의 마음속에서 흐르고 있는 음악은 무엇입니까. 나는 내 마음속에서 배음으로 흐르는 음과 색을 언어로 드러내 보여주는 것을 나의 소명이라고 생각했다. 그러나 자음 하나 모음 하나를 조합해나가면서 이 티끌의 시간을 모아 음과 색에 언어를 덧입히는 것은 언제나 늘 뒤늦고 허망한 일처럼 여겨질 뿐이었다. 말해질 수 없는 자리에서부터 시작되는 무엇을, 그럼에도 끝끝내 써나가는 일이란 무엇일까.

늦은 새벽 잠들었다. 잠들기 전에는 악곡의 첫 마디부터 존재의 본질을 묻는 듯한 음악을 들었다. 그것은 십 년도 더 전에 가깝게 지냈던 사람과 함께 들었던 카잘스가 연주한 바흐의 〈무반주 첼로 모음곡 5번〉 프렐류드로 여전히 느리고 깊게 가슴 가득 내려앉았다. 제 몸으로부터 단 한 발도 벗어나지 못하는 유약한 영혼이 무엇도 할 수 없는 무력함 속에서, 그가 할 수 있는 것은 오직 기도뿐이라는 듯 굳게 맞잡은 두 손의 간절함을 감각하게 했고. 산티아고로 떠났다던 그 사람은 돌아왔을까. 갈라파고스에 함께 가자고 했던 오래전 약속은 이미 잊었겠지. 푸른발 부비새의 이름을 잊듯 벌써 잊었겠지. 어떤 사람의 음악적 취향이야말로 그가 누구인지를 알려주는 섬세하고 완벽한 지표라고 생각했던 적도 있었는데. 어느 새벽 건네받은 한 사람의 플레이리스트는 첫 곡부터 마지막 곡까지 오직 슬픔 슬픔 슬픔이었고. 십 년이 지나 다시 만났을 때. 지나간 시절을 환기시키는 추억의 곡을 함께 들을 기회가 있었음에도 불구하고 창문 너머로 시선을 옮기는 것으로 외면해버렸던 그 옛날의 그 노래들은. 가슴속에 오래 간직해왔던 그리움이 닳아 없어질까 봐. 젊고 아름다웠던 이의 얼굴을 슬픔 없이 아픔 없이 바라보게 될까 봐. 무감해진 마음으로 누군가를 바라보는 나 자신이 두려웠기 때문으로. 어느덧 지나가버린 마음을 숨기듯 그저 기억 속 음률을 머릿속으로 하나하나 떠올릴 뿐으로. 너는 자신을 선한 존재로만 바라보는 타인의 시선이 불편해서 너를 감싸는 물질로 냉담과 위악을 선택했고. 그때 나는 나 자신에게 말하듯 너에게 말했었다. 순하고 순전한 마음이 단지 순하고 순전한 마음뿐일 수 있겠냐고. 너의 어둡고 무거운 내면을 내게 숨기지 않아도 된다고. 위악으로 자신을 가리는 것은 내게도 익숙한 방식이라고.

집으로 걸어오는데 비가 온다. 시계를 보니 오후 다섯 시 사십육 분. 필요 이상으로 자주 현재 시각을 확인하는 오랜 습관에 대해 잠시 생각했고. 한동안 원고 마감으로 무리를 했다 싶었는데 오른쪽 입가에 수포가 올라오기 시작했다. 지난주 수요일부터인가 물집이 생긴 것 같은데 낫기는커녕 더 번지고 있다. 생활의 피로가 오늘의 낯빛을, 내일의 날빛을, 울적하게 물들이고 있다. 거울을 들여다보며 웃어보려 애쓰던 쓸쓸한 얼굴의 독립영화 속 남자 주인공의 얼굴을 떠올린다. 그는 끝내 울었던가. 기어이 울면서 웃었던가.

빗소리가 참 좋다.
빗소리는 참 좋다.

저녁에는 미요시 다쓰지의 시를 몇 편 읽었다.
그중 한 편인 「집오리」를 옮겨둔다.

회색빛 하늘 아래   멀지 않은 바다 내음
넓디넓은 강어귀의   썰물 때를
집오리 한 마리가 흘러간다
오른쪽을 바라보며   왼쪽을 바라보며[1]

＊

오른쪽을 바라보며 왼쪽을 바라보며.
오른쪽과 왼쪽. 그 사이의 공백을. 그 속의 심연을 바라보며. 오른쪽에서 왼쪽으로 고개를 돌릴 때. 그 이전. 왼쪽에서 오른쪽으로 고개를 돌릴 때. 다시 그 이전. 오른쪽을 바라보다가 왼쪽을 바라보려는 그 사이에. 그 이전. 왼쪽을 바라보다가 오른쪽으로 바라보려는 그 사이에. 그 사이와 사이에. 그 사이와 사이의 사이 사이에. 물빛은 아름답겠지. 물빛은 아름답고 쓸쓸하겠지.

흘러가고 흘러가는. 오리는 그 자리에 없겠지. 한 마리의 오리가 아니겠지. 한 마리만의 오리가 아니겠지. 오리의 오리의 오리의 물빛이겠지. 오리의 오리의 오리의 회색이겠지.

오리 위에 얹힌 오리. 흐르고 흘렀고 흘러갈.
오리와 오리 사이의 오리. 그 오리와 그 오리 사이의 바다 내음이겠지.

무언가 쓰려고 할 때마다 쓰려는 그것을 지연시키려는 어떤 무의식적인 저항을 느낀다. 지난 반년간 써내려간 것들을 생각해볼 때. 지난한 노력으로 만든 인위적인 착란 속에서. 조금의 여백도 없다는 듯이. 오직 여분의 종이만이 끝없이 도착하고 또 도착한다는 듯이. 언어와 사유의 그림자가 서로를 거울처럼 되비추고 있는. 끝내 말을 잃어버릴 수밖에 없는, 반복적으로 휘돌아나가는 나선의 구조 속에서. 언어의 감옥이란 생각보다 더욱더 견고하다는 것을. 언어의 한계이기 이전에

나 자신의 한계이기도 하겠지만. 그러나 그런들. 그러나 그렇기에. 이번 책은 또 어떤 책으로 완결될 것인지.

＊

더 이상 젊지 않다는 것을 올해처럼 여실히 느꼈던 적이 또 있었나 싶다. 나쁘지 않다.

＊

고개를 돌려 책상 게시판을 바라보면
이런 문장을 옮겨 적은 오래된 쪽지가 꽂혀 있다.

한 마리의 새, 한 그루의 나무, 한 사람의 인간 존재를
안다는 것은 궁극적으로 불가능하다. 그것들은
깊이를 측정할 수 없는 심연을 갖고 있기 때문이다.
말이나 분류표로 세상을 덮지 않을 때 잃어버린
감각이 삶에 돌아온다. 삶에 깊이가 돌아온다. 자기
자신이라고 믿는 모든 것으로부터 자유로워져야 한다.
'무엇이 내가 아닌가'를 아는 순간 '나는 누구인가'가
나타난다. [2]

누군가 널 위해 기도하네

엄마는 오래도록 미용 일을 하셨다. 미용실 운영을 그만둔 뒤에도 집에서 주기적으로 아버지와 우리 남매의 머리를 잘라주셨다. 엄마의 첫 번째 기일이 되어서야 엄마의 물건들을 정리하기 시작했고. 엄마가 남긴 반지와 목걸이를 딸 셋이서 나누어 간직하기로 했고. 그렇게 나눈 것을 내 방으로 가져와 자세히 들여다보았고. 그 오래된 반지와 목걸이가 엄마가 머리를 잘라줄 때 쓰던 작디작은 가위보다 못하거나 겨우 조금 더 값나갈 뿐이라는 사실이 가슴 아팠고. 엄마는 쌍둥이 언니 에니와 내게 늘 말했었다. 너희들이 손재주가 좋은 것도 다 이 엄마 닮아서 그런 거잖니. 언제나 그 말이 듣기 좋았고. 그 말을 할 때 흐뭇해하며 높아지던 목소리가 좋았다. 이제 엄마는 어디에도 없고 엄마의 가위만이 남아서. 엄마의 자랑이었던 가위 한 쌍을 곧 미국으로 떠나는 에니와 하나씩 나누어 가졌다.

엄마는 새벽에 돌아가셨다. 새벽 한 시 사십오 분. 엄마가 세상을 떠났다는 것을 알았을 때, 식구들 모두 엄마 침대 발치에 걸린 벽시계를 바라보았던 것이 생각난다. 우리는 무엇을 확인하고 싶었던 걸까. 그 누구도 예견할 수 없었던, 마침내 도착하게 된, 한 사람의 마지막 시간을 두 눈 가득 담아두고 싶었던 것일까. 마침내 그 지난한 고통이, 우리 모두의 고통이, 끝났다는 것에 조금은 안도했던 것일까.

엄마가 돌아가신 후로 같은 문장으로 시작되는 글을 몇 번이나 썼는지 모르겠다. 이미 쓴 글은 다시 읽어보지 않고 매번 새로운 페이지에 새롭게 써 내려갔다. 대부분은 깊은 새벽, 잠에서 깨어나 불도 켜지 않고 침대에 엎드린 채로 머리맡의 공책을 끌어와 어둠 속에서 흘려 쓴 것들이었지만. 보편적인 죽음을 넘어서는 엄마의 죽음이라는 하나의 사건은, 단정한 언어로 수정되고 다듬어질 수 없는, 함부로 죽음을 윤색하는 행위처럼 느껴졌고. 엄마의 죽음은, 엄마의 삶은, 단정적인 언어로 고정시킬 수 없는 것이어서, 언어 밖의 영역이라서, 단락과 단락이 매끄럽게 재배치되는 것을 글 자체가 허용하지 않는 것처럼 느껴졌다. 그렇게 차마 다시 들여다볼 수 없는 기록들은 그저 공책 가득 알아볼 수 없는 글씨로 새겨져 페이지마다 구불구불 물결치고 있었고.

지금 쓰고 있는 이 글도 이전의 글을 들춰보거나 고쳐 쓰지 않고 다시 처음부터 새롭게 쓰고 있다. 끊어지고 어긋나고 모순적이고 파편화된 단상의 모음들일 수밖에 없다고 생각하면서. 그것 외에는 엄마의 죽음에 대해, 아니 엄마의 삶에 대해, 쓸 수 있는 다른 방도가 없다고 느끼면서.

엄마는 말기 암 선고를 받고 두 달도 안 되어 돌아가셨다. 남은 날이 몇 주도 되지 않는다는 의사의 말을 엄마에게 어떻게 전해야 할지 암담했지만, 삶의 마지막 순간을 스스로 받아들이고 정리하는 일은 다른 무엇보다도 중요한 일이었으므로 엄마에게 어렵게 의사의 말을 전했을 때, 엄마는 의외로, 아니, 당연하게도, 그 사실을 받아들이지 않았다. 하나님이 살려주실 거야, 걱정하지 마. 스스로에게 다짐이라도 하듯 엄마는 말했다. 엄마의 상태가 말기 암 환자의 모습으로 보이지 않기도 했지만, 엄마가 이 상황에서 물러나지 않겠다고 다짐을 하는 것이 나는 의아했다. 엄마라면 이 상황을 담담히 받아들일 거라고 생각했기 때문이다. 삶과 죽음은 인간의 힘으론 어쩔 수 없는 거라고, 그저 순리대로 받아들일 수밖에 없는 거라고, 하나님이 부르면 언제든 그렇게 갈 준비가 되어 있다고 엄마는 늘 말해왔기 때문이다. 당시의 병기라면 바로 호스피스로 옮겨야 마땅했지만 치료를 받겠다는 엄마의 의지와 작은 기적이라도 붙잡고 싶은 가족의 간절함이 합쳐져 항암 치료를 결정하고 입원 생활을 시작하게 되었다. 항암 치료를 시작한 지 얼마 되지 않아 엄마의 염증 수치는 눈에 띄게 줄어들고 상황이 호전되는가 했지만 그것도 잠시, 곧바로 항암 부작용이 나타났다. 엄마는 더는 무엇을 먹기도 쉽지 않았고 산소마스크 없이는 자가 호흡도 불가능하게 되었다. 입원 치료를 한 지 한 달이 지났을 때에야 우리는 애초에 의사가 내렸던 진단이 옳았음을, 더는 기적이 일어나지 않으리라는 사실을, 받아들이게 되었다.

엄마가 돌아가시기 전 마지막 한 주는 가족들 모두 여러 갈래로 나뉘는 감정과 싸우고 있었다. 힘겨운 일상이라도 조금만 더 이 날들이 이어지기를 바라는 한편, 엄마의 통증이 더는 길게 이어지지 않기를 바라면서. 산 날도 죽은 날도 아닌 비현실적인 날들을 엄마와 함께 건너고 있었다. 입원해 있는 동안 엄마가 한 번쯤은 마음에 맺힌 그것이 풀리도록 크게 울기를 바랐지만, 엄마는 울지 않았다. 엄마는 우는 대신 그저 미안해했다. 가족들이 좁은 병실에서 쪽잠을 자는 것을, 주말마다 거제도에서 부산까지 병원을 오가는 수고를 하는 상황을 미안해했다. 평생을 그렇게나 주고 또 주고도 생의 마지막 순간까지 뭐가 그렇게 미안하고 미안한 것인지.

죽음은 드라마에서 보듯 그렇게 쉽고 간단하게 찾아오는 것이 아니어서 우리는 그저 기다리고 있었다. 곧 들이닥칠 작별의 순간을. 작별의 인사를 하게 될 그 순간을. 그러나 그것이 언제 어느 때 찾아올지는 아무도 알 수 없었으므로 우리는 오직 기다리는 사람이 되어 엄마가 죽어가는 속도에 맞춰 일상을 살아가고 있었다. 밤이면 엄마의 침상 옆 간이침대에 누워, 엄마의 존엄한 마지막을 위해서 내가 할 수 있는 최선이 무엇일까를 생각했다. 엄마의 고통을 최대한 줄여주는 것. 임종 직전에 나타나는 증후들을 잘 관찰해서 가족들 모두가 엄마의 임종을 지킬 수 있도록 하는 것. 그리고 오래전부터 생각해왔던 그 말을,『티벳 사자의 서』를 읽은 이후로,

사랑하는 누군가가 세상을 떠나게 된다면 그때 꼭 해줘야겠다고 생각해왔던 그 말을, 잊지 않고 전해야겠다고 생각했다.

당시는 세 번째 시집과 네 번째 시집을 출간한 직후였는데 거듭해서 중쇄를 찍고 있었다. 가난한 딸을 걱정하던 엄마를 안심시키려고 나는 중쇄와 관련해 출판사에서 보내온 문자를 엄마에게 보여주면서 약간의 과장을 섞어서 말했다. 연달아 인세가 들어오고 있다고. 그러니 이제 내 걱정은 하지 말라고. 마음 푸욱 놓아도 된다고. 엄마는 문자를 보더니 오랜만에 평상시의 천진한 얼굴로 돌아가서 내게 말했다. "우리 딸, 날개 돋친 듯이 날아다녀라." 나는 그 작은 목소리를 분명하게 들었지만 다시 또 듣고 싶어서, 마음에 새기고 싶어서, 엄마에게 되물었다. "엄마, 지금 뭐라고 했어?" "아니, 우리 딸, 날개 돋친 듯이 그렇게, 훨훨, 날아다니듯이, 살으라고." 산소 호흡기를 낀 채 엄마는 힘겹게 말했다. 나는 그것이 엄마가 내게 남긴 유언이라고 생각했다.

어느 저녁, 엄마의 식사를 챙겨드리며 같이 밥을 먹고 있는데 엄마의 호흡 상태가 보통 때와 다르다는 것을 느꼈다. 의사에게 엄마의 상황을 알리고 쌍둥이 언니 에니에게 전화를 했다. 아직 확실한 건 아니지만 엄마의 상황이 이전과 달리 급박하게 돌아가는 것 같다고, 그러니 일단 혼자라도 먼저 병원으로 오라고. 전화를 끊자마자 담당의가 병실로 급히 들어와서는 가족을 모두 불러 모으라며, 연명의료 중단에 관한 동의서를 받아야 한다고 했다. 몇 시간 전에 측정한 모든 수치가 급격히 나빠졌다며 지금부터는 일절 식사도 해서는 안 된다고 했다.

거제도에서 부산의 병원까지는 자동차로 한 시간 남짓 걸리는 거리였다. 의사의 말을 듣고 에니에게 다시 전화를 했더니, 이미 가족들 모두 차에 태워 부산으로 오고 있다고 했다. 가족의 얼굴을 보지도 못하고 엄마가 돌아가시는 일이 있어서는 안 된다는 생각에 자꾸만 잠에 들려는 엄마에게 나는 말을 시키고 또 시켰다. 심해진 기침 때문에 침상의 벽에 등을 대고 앉은 엄마 옆에 나란히 앉아서, 엄마, 조금만 기다려. 지금 식구들 다 오고 있어, 말을 하고 또 하면서. 우리는 아직 어떤 작별의 말도 나누지를 못했는데, 가족들은 아직 도착하지도 않았는데, 엄마는 안간힘을 다해 버티고 있는 것 같았다. 지체할 시간이 더는 없다는 생각에 나는 엄마에게 마지막 작별의 말을 했다. 엄마가 내 엄마여서 너무나 감사하다고. 사랑한다고. 고맙다고. 가족들 걱정은 하지 말라고. 그런 뒤 엄마의 의식이 있을 때 하려고 했던 그 말을 지금 바로 전해야겠다고 생각했다. 나는 엄마의 귀에 대고 조용히 말했다.

"엄마, 흰빛을 따라가. 흰빛을 따라가세요, 엄마."

그러자 엄마는 처음으로 고개를 돌려 찬찬히 나를

보더니 들은 말을 재차 확인이라도 하듯이, 그러나 단 한 번도 얘기나누지 않았던 순간이 도착한 것에 특별한 놀람도 없다는 듯이, 한 음절 한 음절 끊어서 천천히 말했다.

"나, 하늘나라, 갈 때……?"

"응, 엄마…… 그렇게 갈 때, 흰빛이 보이면 그 빛만 따라가."

그 첫 번째 작은 죽음을 계기로 우리는 매일매일 엄마와 작별 인사를 나누게 되었다. 서로가 서로의 말을 알아들을 수 있을 때 사랑과 감사의 말을 나눌 수 있게 된 것을 다행으로 여기면서. 그러나 한편으로는 이 고통이 어서 끝나기를 바라면서. 고통이 끝나기를 바라고 있는 자신을 나무라면서. 그러다 또 어서 이 고통의 순간이 지나가기를 바라면서.

마지막 인사는 하고 또 해도 부족한 것이어서. 어느 낮에 나는 눈을 감고 누워 있는 엄마를 내려다보다가 나도 모르게 말했다.

"엄마, 보고 있는데도 보고 싶다."

잠들어 있는 줄 알았던 엄마가 눈을 뜨더니 말했다.

"나도……."

엄마는 울었다. 울음소리 없이 입을 크게 벌리고 아이처럼 울었다. 울음소리조차 나오지 않는 커다란 울음을. 울지 않으려고, 살아내려고, 끝끝내 버티고 버텨왔던, 참고 참았던, 그 울음을 엄마는 울었다. 엄마가 울어서 다행이라고 생각했지만. 한 번 터져나온 울음은 쉽게 그치지 않았고. 나는 엄마를 달래면서 말했다. 엄마, 울지 마. 울면 숨쉬기 힘들어지잖아. 울지 마, 엄마. 엄마는 그치려고 했지만 잘 되지 않았다. 그저 입만 벌려서 우는 울음을 계속 울었다. 엄마는 자신이 처한 상황보다 남겨질 가족이 그저 애달파서 계속 울고 울었다.

임종까지 길게는 몇 주, 짧게는 한나절 정도 이런저런 증후가 나타나는 시기가 찾아온다. 담당의와 간호사는 임종이 가까웠는지를 알리는 가장 직접적인 신호로 환자의 동공 크기를 확인한다. 동공이 점점 더 크게 열리는 순간 우리는 우리가 기다려왔던 시간이 무엇이었는지, 그리고 우리가 기다려왔던 시간이 끝나간다는 것을, 비로소 알게 된다.

호스피스 병동은 병원의 가장 꼭대기 층에 있었다. 하늘에 가장 가까운 곳이라는 듯이. 나는 간호사에게 엄마가 통증을 느끼지 않도록 강력한 통증 제어 주사를 놓아달라고 말했다. 이후로 엄마는 임종 전까지 눈을 뜨지 못하고 깊은 잠에 빠져들었다. 가족들은 병원 근처의 숙소에 묵으면서 매일 병실로 찾아왔다. 모든 감각이 다 약해져도 청각만은 마지막까지 남아 있다고 해서 우리는 잠든 듯 누워 있는 엄마 곁에서, 두 번 다시는 나누지 못할 말을 하고 또 했다.

엄마가 돌아가시기 전날 새벽, 평소와 마찬가지로 엄마의 침대 옆에 앉아 상태를 살피고 있었다. 어둠 속에서 엄마의 호흡소리를 주의 깊게 들으며 병실 머리맡 작은 비상등 스위치를 켜서 그사이 동공이 얼마나 커졌는지를 확인하고 있는데 엄마가 평소와 다르게 뭐라고 웅얼웅얼 말하는 소리가 들려왔다. 신음소리인가 생각했는데 가만히 들어보니 그 소리는 어딘가 기도하는 소리 같았다. 얼굴 가까이 귀를 대고 들어보니 그것은 진정 기도하는 소리가 분명했다. 엄마가 가족들 이름을 하나하나 부르며 기도를 하고 있었다. 어렴풋하게 밝아오는 어둠 속에서 벽시계를 바라보니 새벽 다섯 시였다. 평소에 엄마가 교회에 가서 새벽 기도를 드리는 바로 그 시간이었다. 엄마의 기도는 그렇게나 힘이 세어서, 그 새벽에, 임종 직전의 그 새벽에, 엄마의 무의식을 뚫고 흘러나오고 있었다. 우리들 이름을 하나하나 부르면서, 간절한 그 목소리 그대로, 오래전 새벽 기도에 따라갔다가 들었던 엄마의 목소리 그대로. 일평생 울며 기도했던 그 마음을, 나의 나날을 지켜주었던 그 신실한 기도를, 진정 헤아려보지 못했던 그 장면을 이제 멀리 떠나가는 엄마가 눈앞에서 보여주고 있었다.

다음 날 새벽, 엄마는 가족이 모두 지켜보는 가운데 세상을 떠났다. 우리는 특별한 고통 없이 엄마가 세상을 떠난 것에 안도했다. 엄마의 영혼이 놀라지 않도록 크게 울지 말자고 약속했지만 울음은 줄어들지 않았다. 영혼이 빠져나간 엄마의 몸은 하얗게 굳어갔다. 거기 엄마가 누워 있는데 더는 엄마가 없는 것 같았다. 사람은 오직 영혼 그 자체구나. 남아 있는 몸은 아무것도 아니구나. 나는 텅 비어 있는 듯 남겨진 그 몸을 보고 또 보았다. 두고 갈 수도, 데려갈 수도 없는 그 몸을, 곁에 있을 수도, 떠날 수도 없는 그 몸을. 병원의 절차는 냉담하기 그지없었고. 이후는 사망 절차에 따라 남은 가족의 의지와는 무관하게 서둘러 진행되었다. 네가 알던 그 사람은 이제 더는 그 몸에 없다는 듯이, 어서 빨리 그 몸을 잊으라는 듯이. 수없는 죽음을 목격하고 이후의 일들을 진행했던 사람들은 지극히 사무적인 표정으로 살아 있던 사람을, 하나의 개별적인 죽음을, 하얀 천으로 뒤덮는 것으로 간단히 지우고 있었다.

간소하게 치르라고 했던 엄마의 당부가 무색하게 장례식은 많은 조문객들로 북적였다. 미국인 형부 케이시는 "어머님이 셀럽이셨구나" 하고 말했다. 우리는 웃었다. 그러다 또 울었다. 우리 역시도 엄마가 돌아가시고서야 그간 엄마가 이웃에게 베풀어온 것들에 대해 알게 되었다. 고아로 자라난 엄마는, 아픈 사람이 아픈 사람의 마음을 가장 잘 알듯이, 자신의 처지가 가여웠기에 세상 모든 가엾고 불쌍한 얼굴을 여지없이 알아보았다. 크게 작게 베풀었던 엄마의 마음이, 엄마가 없는 자리로 되돌아와서 엄마를 위해 울고 있었다. 가족들의 친구와 지인이 숱하게 문상을 왔지만 나는 아무에게도 엄마의 죽음을 알리지 않았다. 엄마의 죽음을 알리면 정말 엄마가 죽은 것이 될까 봐. 누군가 찾아와서 내 어깨를 두드리며 위로해준다면, 그렇게 위로받은 마음이 쉽게 풀어질까 봐, 누구에게도 위로받지 않는 것으로 나 자신을 슬픔 속에 내버려두었다.

엄마가 돌아가시고 매일 밤하늘의 달을 볼 때면 엄마, 엄마, 소리가 절로 나왔다. 어디에도 엄마가 없었기 때문에, 누구도 갈 수 없는 그곳에 엄마가 있다는 듯이. 어둠 속에서 가장 밝은 얼굴로 나를 보고 있다는 듯이. 나는 엄마에 대해 생각하고 생각했다. 엄마가 어떤 사람이었는지, 엄마가 좋아하던 것이 무언지, 싫어했던 것은 무언지, 꿈꾸던 것은 또 무엇이었는지…… 생각할수록 엄마에 대해 아무것도 아는 것이 없다는 사실만이 오롯해져서 가슴이 미어졌다.

할 수 있는 것은 그저 기도밖에 없다고, 늘 그렇게 부족하다고, 미안하다고, 엄마가 말했을 때. 그랬을 때. 그 마음을 서둘러 무마하듯 나의 말로 엄마의 말을 뒤덮는 대신에, 그저 그 작은 몸을 가만히 꼬옥 안아줬으면 좋았을 텐데 생각하면서. 우리가 둘이 아니라 하나라고 느낄 수 있도록, 엄마 스스로 조금도 부족하지 않다고 느낄 수 있게, 그래서 자꾸만 미안하다고, 못난 엄마라고 더는 말하지 않도록, 그렇게 꼬옥 안아줬으면 좋았을 텐데 생각하면서.

뒤늦은 사랑이 뼈 아파서 나는 울었다. 갚지 못할 그 사랑이 차고 넘쳐서 울었다. 언젠가 엄마가 병실에서 울었던 바로 그 울음을. 무언가가 목구멍을 꽉 막아서 아무 소리도 나지 않던 그 울음을. 무너지고 부서지는 마음을 감당할 수가 없어서. 그저 소리 없이 무거운 몸을 들어 올리고 들어 올릴 뿐인 그 울음을 그제야 내가 울고 있었다.

문장은 위에서 아래로 쏟아져 내린다
— 새벽 일기 2018년 5월 18일 03시 17분

오래 앓았다가 일어난 기분이 든다. 실제로도 그랬는지 모르겠다. 그랬을 것이다. 보내야 할 메일 답장이 있어 블로그를 열었다가 영화 〈패터슨〉에 관해 지인들이 쓴 몇몇 글들을 읽었고 문득 무언가 쓰고 싶은 기분이 들어서 써 내려간다. 〈패터슨〉에 관해서는 천천히 다시 한번 더 공들여 본 뒤에 제대로 된 리뷰를 쓰려고 했었는데. 모르겠다. 정리되지 않은 무언가를 쓰는 것이 내키진 않지만 거칠게나마 메모해 두는 것도 나쁘진 않을 것이다.

　〈패터슨〉은 근래 본 영화 중에서 기억에 남을 만한 영화였다. 반복해서 보고 싶다는 생각이 들게 한 몇 안 되는 영화 중 하나. 마지막 장면을 보면서 나도 모르게 울컥해서 울었는데. 내가 이 영화를 다시 보고 싶은 이유도 패터슨이 폭포를 바라보며 앉아 있던 그 마지막 장면, 이제 막 자기 앞에 도착한 백지를 펼쳐놓고 어떤 문장을 적어 내려가기 직전, 무연히 흘러내리고 있던 눈앞의 폭포를 다시 바라보던, 패터슨의 눈, 그 눈을 다시 한번 더 보고 싶기 때문이다.
　〈패터슨〉은 보는 영화가 아니라 듣는 영화라는 생각. 패터슨이 시—쓰기를 시도할 때, 아니, 시 속으로 들어갈 때, 아니, 자기 자신으로 돌아갈 때, 아니, 자기가 아닌 다른 모든 것이 될 때, 화면 가득 소리들이 흘러나오기 시작한다. 음향에 가까운. 하나의 노이즈로써.

하나의 시그널로써. 난청 상태에 놓이기라도 한 것처럼. 극적인 사건이 일어날 것만 같은 느낌을 주는, 모종의 불안감을 조성하는 불편하다 할 만한 소리. 사이키델릭한 사운드의 반복적인 그 음향은, 패터슨이 써 내려가는 문장들과 함께, 아니 그 문장들이 발생하기 이전에, 일상의 결을 찢고 일상의 차원을 넘어 어딘가 다른 차원으로 옮겨간다는 것을 알리기라도 하듯 흘러나온다. (나중에 찾아보니 영화에 쓰인 모든 노이즈 사운드들은 짐 자무쉬가 프로듀서, 사운드 엔지니어와 함께 만든 밴드 SQÜRL의 음악이었다)

그는 바로 그 음향 속에 속한 사람이다. 현실에 발 디디고 사는 사람이 아니라. 변화가 그리 크지 않은 그의 표정이 어딘가 공허한 듯 다른 무언가에 정신이 팔려 있는 것 같고, 아내와의 대화 혹은 관계에서도 감정 기복 없이 특별한 불평불만을 드러내지 않는 것도, 그는 이 세계에 속한 사람이 아니기 때문이다. 아니, 그는 너무 과잉되게, 초과하여, 이 세계에 속한 사람이기 때문이다.

로라의 반복 변주되는 꿈 이야기들. 아주 작은 변주들로 채워지는 일상들, 풍경들, 사건들. 그 세부의 세부의 미묘한 변화와 흐름으로 쌓여가는 인간의 시간들 공간들.

그는 어떤 사물, 사건에 관해 특별한 관심을 보이

지 않는다. 선택적 무관심과는 또 다른 무관심. (그러나 그가 특별한 관심을 보이지 않는다는 것은 사실이 아니다. 오하이오 블루팁 매치스라고 적힌 작고 푸른 성냥갑에 자주 오래 머물렀던 그의 시선. 성냥갑은 그냥 그 자리에 있었다) 자신을 둘러싼, 자신 곁의, 그 모든 것에 무의식적인 주의를 기울이는 것. (그는 매번 기울어져 있는 집 앞의 우체통에 대해서도, 영화가 끝날 때까지도 그것이 그가 기르는 개 마빈의 짓인지 알지 못하지만, 언젠가 시로 쓸 것이다. 그 우체통에 대해서. 집 앞에는 낡은 우체통이 하나 있다. 나무로 만든 작고 긴. 그것은 매번 기울어져 있다. 어제와는 다른 방향으로. 어제와는 다른 방식으로…… 라고 시작되는. 물론 그것 역시도 우체통 자체에 관한 시는 아닐 것이다. 우체통을 경유해서 나아가는, 단순한 일상 속 사소하고도 비범한 신비에 도착하는 시일 것이다)

그가 사랑하는 시인 윌리엄 칼로스 윌리엄스의 시처럼, 그가 써 내려가는 시 역시도 지극히 일상적이다. 흔히 시적이라 부를 만한 순간이 현현하거나 드라마틱한 사건이 발생하지 않는다. (그러나 패터슨의 입장에서는 몹시도 시적인. 영화의 끝부분에서 일본인 남자와 패터슨은 그들이 사랑하는 시인과 미술가들이 시적인 것과는 거리가 멀게 느껴지는 일상적인 직업을 갖고 있었던 사실에 대해 이야기 하면서, 그것이 참으로 시적이라고 말한다) 영화 속에서 사건이라고 할 만한 것이 있다면, 패터슨이 몰던 버스가 고장이 나 멈춰 선 정도. 퇴근 후 저녁 산책길마다 들르던 바에서 실연 당한 남자가 자신을 밀쳐내는 여자 친구에게 장난감 총을 쏘는 것을 제압한 정도.

　패터슨의 시 역시 아주 일상적인 단어와 문장들로 채워진다. 그리고 그가 그런 시를 쓰는 이유는, 그의 문장이 단순한 단어들로, 특별한 수사 없이, 그야말로 일상적인 문장들로 쓰이는 이유는, 그가, 영화 속에서 내내 펼쳐지는, 흔히 말하는 평범하고도 단조로운(것이라고 오해되는) 일상을 사는 사람이 아니기 때문이다. 그는 일상을 살되, 그 속에서 조금은 다른 현실의 층위 속에서 걷고 말하고 쓰고 본다. 아니. 그는 진정 일상을 산다. 그는 그 자신만의 지극한 실재로서의 현실을 살고 있다.

　다른 리뷰를 찾아 읽지 않아서 모르겠지만. 이 영화에 어떤 사랑스러움이 있는지, 있었는지, 모르겠다. 그들이 기르고 있는 마빈이라는 개의, 속이 훤히 들여다보이는 특유의 뚱한 표정과 산책을 재촉하는 그 능청스러운 얼굴 정도가 사랑스럽다면 사랑스러울까.

　패터슨과 그의 아내 로라는 평온하고도 다정한 일상을 보여주기 위해서라기보다는, 서로가 서로에게 거울상과도 같은 존재임을 드러내는 장치라는 생각. 패터슨이 시를 쓸 때 그의 아내는 이런저런 도형 패턴을 커튼에 그리거나 옷을 만들거나 머핀을 만든다. 반복 변주의 연속인 기하학적 패턴을 그려 넣은 기타를 친다. 그들은 서로가 중요하게 생각하는 것의 이름을 잘 기억하지도 못한다. 패터슨이 좋아하는 시인 윌리엄 칼로스 윌리엄스의 이름을 로라는 카를로 윌리엄스 칼로스라고 말한다든가, 로라가 기대에 잔뜩 부풀어 사려고 하는 어쿠스틱 기타의 모델명을 패터슨이 잘못 말한다든가 하는.

　패터슨의 영혼과 닮은 사람은 그의 아내라기보다는 오히려 집으로 가는 길에 만난 시 쓰는 어린 소녀다. 아코디언 버스를 모는 버스 운전사냐고 묻던. 소녀는 패터슨과 마찬가지로 시크릿 노트북을 가지고 있다. 소녀는 헤어질 때 패터슨에게, 에밀리 디킨슨을 좋아하는 버스 운전사라고 말한다. 영화 초반에 지나가는 배경으로 모습을 드러내는 쌍둥이들과 마찬가지로 소녀 역시도 쌍둥이 자매이다. 이 영화에서 일상의 사소한 변주나, 쌍둥이들의 잦은 출현으로 인해 말해볼 수 있는 거울 이미지라든가 하는 것은 삶과 너무나 밀착된 채로 울리는 배음처럼 여겨져서 오히려 눈에 띄지 않을 정도다. 반복이나 변주는 공기의 흐름처럼 순간순간 흐르면서 변모한다. 패터슨이 매일 반복하는 버스 운전처럼, 그의 버스가 같은 시간 같은 노선을 운행하며 나아갈 때 그 버스의 몸체를 가르며 지나가는 대기의 유동처럼, 맞바람을 맞듯 버스를 향해 다가왔다 뒤편으로 흩어지는 음악적인 입자들, 음향들처럼. 너무나 일상적인 풍경이어서 뭐라 이름 붙여 인식할 만한 사건이 발생하기 전에는 그저 스쳐 지나갈 뿐인. 그저, 단지, 순간순간의 호흡처럼 흐르고 있는 무엇. 그것이 바로 우리가 삶이라고 부르는 것의 모든 것이고, 그 일상의 집적/다발/덩어리야말로 삶 그 자체니까.

　한 가지 더 말해볼 만한 것은, 자신을 스스로 규정하는 문제에 관한 것인데, 물론 이것도 영화가 말하고자 하는 큰 줄기에 비하면 부수적인 요소라 생각되지만, 패터슨은 골목에서 만난 시 쓰는 소녀에게, 너 시인이구나, 라고 말한다. (자신은 그저 시에 관심이 있어, 라고만 말하지만 어쩌면 패터슨은 그 소녀 앞에서야말로 가장 단순하고도 순수한 기쁨을 느끼면서 자신이 시를 쓴다는 사실을 밝히고 싶었는지도 모르겠다) 그리고 영화의 마지막에 이르러. 일본에서 온 시를 쓴다는 남자가, 패터슨에게 윌리엄 칼로스 윌리엄스 얘기를 하면서, 당신도 패터슨 시에 살면서 시를 쓰는 시인이냐고 묻자 패터슨은 아니라고 말한다. 그는 자신을 버스 운전사라고 소개한다. 그것도 모자라 그는 덧붙인다. 자신은 '그저(just)' 버스 운전사라고. 그러나 일본에서 온 남자는 패터슨이 시인이라는 것을 (폭포를 바라보고 있는 그를 보면서, 일본인 남자가 다가와 그 곁에 앉아 펼친 시집 『패터슨』 표지에는 폭포를 단순하게 형상화한 삽화가 그려져 있다) 멀리서부터 알아본다. 그리고 그와 이런저런 시인들 얘기를 나눌수록 패터슨이 시인임을 더욱 확신한다. 그가 내뱉는 "아하!"라는 감탄사. 그것은 "그렇군요. 시인이 아니라고 했지만, 당신 역시도 시인인 거군요"가 생략된 말이자, 아무 의도 없이 시 속으로 들어와 섞이는, 일상에서 불

현듯 만나게 되는 깨달음의 순간을 드러내는 말이기도
할 것이다.

　　마지막 장면. 패터슨은 폭포를 바라본다. 물줄기 떨
어지는 소리가 배음처럼 울리고 있고. 영화가 진행되는
동안 지속적으로 반복되던 그 음향이 다시 시작된다. 그
가 매일 듣는 폭포 소리 또한 그가 시를 쓸 때, 시적인 상
태 속으로 들어갈 때 흘러나오는 음향과 그리 다르지 않
다. 그가 모종의 음향과 함께 새로운 시 〈The Line〉(한
소절)을 쓰기 시작할 때, 혹은 그 이전에. 폭포를 가르며
흰 새 떼들이 날아올랐다가 다시 돌아온다. 그리고 새들
은 다시…… 언젠가는 다시 날아갈 것이다. 그리고 다
시…… 언젠가는 다시 돌아올 것이다. 그리고…… 다시.
　　패터슨은 폭포를 바라본다. 그리고 쓴다. 그저 쓴다.
받아쓴다. 그의 눈은 폭포수가 떨어지는 방향을 따라 흐
른다. 문장들이 그 물의 흐름처럼 위에서 아래로 흘러내
리고 있다는 듯이. 그는 폭포를 바라보면서, 보이지 않
는, 그 문장들을 본다. 글쓰기의 문장들이 흘러가는 방
향에 맞춰 흐르고 있는. 그 문장들을. 그는 본다. 떠올리
는 것이 아니고. 그는 그저 본다. 직관적으로 본다. 그렇
다고 생각한다.
　　그때 그는 받아쓴다. 그것은 추상적이면서도 구체
적인 목소리인데. 시와 함께 흘러나오는 음향과도 유사
한 방식으로 흐르는. 패터슨 자신의 목소리인 동시에

그가 버스를 몰며 버스 안팎에서 보고 들었던, 자신을 스쳐 지나간 무수한 사람들과 풍경의 총합으로서의 목소리이기도 하다.

※

등단 전이던 십여 년 전쯤 파리에 갔을 때 예술대학에서 무대 미술을 전공하던 후배의 작업실에서 몇 주 머물렀던 적이 있었는데, 당시 아주 유명했던 미술가 케이가 그 작업실에 들른 적이 있었다. 그는 대기업의 후원을 받아 파리에서 몇 년간 작업 겸 공부를 하고 있었는데, 그의 얼굴과 이름을 듣자마자 누군지 바로 알 수 있었다. 그림을 전공하던 쌍둥이 언니 에니 덕분에 미술가들의 작업에 모종의 관심을 갖고 있기도 했고, (당시 소설을 쓰고 있었기 때문에, 소설가라면 세상의 모든 것에 대해 가능한 한 최대치의 정보와 지식을 쌓아야 한다고 생각했기 때문에, 정치·경제·사회·문화·예술 전반의 모든 기사들을 스크랩하고, 비디오며 음반이며 이런저런 사진집 등 소설로 쓸 수 있는 자료라면 광적으로 수집하던 시절이어서) 아무튼 그 유명한 미술 작가는 급히 보내야 할 문서가 있어 후배의 작업실에 들렀던 참인데, 문서가 프린트되고 있는 동안 우리는 짧게 인사를 나누게 되었다. 그는 내게 "무슨 일을 하냐"고 물었고 나는 잠깐 머뭇거리다가 "그냥 있어요"라고 대답을 했다. 십여 년이 지났는데도 그때 내가 했던 말이 기억나는 이유는, 물론 오래도록 일기를 써오면서 가끔씩 옛날 일기들을 다시 읽어와서이기도 하지만, 흘리듯 지나가는 말로 답했던 나의 대답을, 그 명민한 사람이 놓치지 않고, "그냥 있다고요?" 하고 혼잣말하듯이 조용히 되물었기 때문이다. 되묻는 그의 말에 부정적인 판단 같은 것이 섞여 있다고 느끼지는 않았지만. 그때 나는 그렇게 말할 수밖에 없어서 쓸쓸했다. 파리에 오기 며칠 전, 신춘문예에 소설을 투고하고 온 때이기도 해서, 한국으로 돌아가면 또다시 낙선 소식이 기다리고 있겠지, 십여 년이 넘도록 이어온 그 지난한 과정을 다시 또 이어갈 생각을 하니 마음 깊은 곳에서 어둡고 추운 바람이 휘몰아쳤기 때문으로. 실제로도 그해 파리의 겨울 추위는 혹독하기 그지없었고.

당연한 말이지만. 무언가가 되려고 한다는 것은 아직 무언가가 되지 않았다는 말이니까. 무언가로 불리길 원한다는 것은 아직 불리길 원하는 그것이 아니라는 것이니까. 자신이 바라던 무엇이 된 사람은 누구에게 무엇으로 불리든 무심한 법이니까. 영화 〈패터슨〉에서도 이것과 이어서 말해볼 수 있는 지점이 있다. 반복되는 아내의 재촉하는 말(시집 제본을 만들어두라는, 당신은 정말 좋은 시를 쓰는 좋은 '시인'이라는)에 대한 패터슨의 머뭇거리는 응답들, 시집 제본을 계속해서 미루는 행동들. 패터슨이 일본인 남자로부터, 당신도 시인이냐는 질문을 받았을 때, 나는 단지 버스 운전사입니다, 라고 말했던 것 역시도 패터슨이 시인으로 불리기를, 시인이라는 이름을, 대상을, 욕망하지 않음으로써 온전히 시인으로 존재한다는 사실을 역설적으로 드러내 보여주는 대목이 아닐까 하는 생각.

다시 〈패터슨〉의 마지막 장면으로 돌아가.

패터슨이 폭포 앞에 앉아 노트의 새로운 페이지를 펼쳐 무언가를 쓰기 직전에. 흔들리듯, 그러나 분명하게, 무언가를 보는 그 눈으로 돌아가. 자신의 내면 깊은 곳에서 울려 나오는 어떤 음을 듣는 그 얼굴로 돌아가. 그만의 현실적 층위 속에서 시적 공간으로 진입하는, 그 진공 상태와도 닮은 내면으로 돌아가.

나는 그것이 바로 시다, 라고 느꼈다.
울면서 그렇게 생각했다.

패터슨이 무언가 보이지 않는 것을 보듯이 직관적으로 바로 써 내려가는 것은, 그가 버스를 운전하면서, 산책을 하면서, 늘 오가는 거리를 걸으면서, 그렇게 일상을 살면서, 무언가를 의식적으로, 그러나 무의식적으로, 내면으로부터 작동되고 있는지도 모르는 채로, 저 깊은 마음의 눈으로, 늘 삶의 구석구석을 면밀하게 보고 듣고 생각하고 발견하고 연결하고 다시 낯설게 보면서 세계를 확장시켜나가기 때문이다. (쓰는 도중에는 생

각이 끼어들 자리가, 들어설 자리가 없다. 생각은 쓰기 이전 혹은 쓰기 이후에 있는 것이다)

　시 속으로 들어가는 것이 무엇인지. 시 속에서 사는 것이 무엇인지. 그러니까, 자신의 시보다 먼저, 시보다 앞서, 아니, 시와 함께, 아니, 시를 뒤쫓아가면서, 자신의 일상을 자신의 눈으로 보고 듣고 살아가는 것이 무엇인지. 이렇게 모호하면서도 구체적으로 선명히 보여주는 영화가 또 있었던가 싶은. 그래서 보는 내내 슬프고 괴롭고 벅찼던 장면들.

　그런데 실은 〈패터슨〉에 대해 쓰고 싶었다기보다는 등단을 못 해서, 지면을 얻지 못해서, 글이 안 써져서 괴롭다는, 오래도록 낙선을 거듭하면서도 다시 또 습작을 이어나가는 이들의 블로그 글을 읽고서, 감히, 어떤 위로도 되지 못하겠지만, 어떤 말들을 해보고 싶다는 그런 생각을 했는데. 모르겠다. 작품이라고 부르는 것이 무엇인지. 작품이라고 부를 만한 것이 어떤 것인지. 우리가 쓰는 이 모든 것들이 다 무엇인지. 다만 그것이 무엇이라 불리든 간에. 쓰려는 그것이, 쓰려는 사람이 겨냥하고 있는 그것이, 쓰려는 그것의 저 밑바닥까지 드러내 보여주어야 한다는 것. 그러니까 인간의 저 어두운 바닥까지 내려가서 써야 한다는 것. 그것은 아주 집요한 일이고. 고도의 집중이 필요한 일이고. 무엇보다도 그것으로 살아가는 일이고. 그것은 지난한 싸움의 연속이고……. 시간에 지면서. 시간에 지치면서. 다시 일어나면서. 순간순간 자신을 넘어서는 의지가 필요한 일이고. 그것은 한순간에 습득되는 것도 아니거니와. 그렇다고 결코 가닿지 못하는 것도 아니거니와.

*

시간 속에서 지치다 보면 사람들을 놓치기도 하고, 같은 이유로 사람들이 떠나기도 하고. 기대를 품은 응원의 말을 해줄 사람도 점점 줄어든다. 오지 않는 희망과 잡을 수 없는 소망 앞에서는 다들 지치니까. 주위에 그런 굳건한 지원군이 없다면 자기 자신을 가장 든든한 친구로 만들면 된다. 이것이 내가 삼십 년 가까이 매일 일기를 써오고 있는 이유이기도 하고. 무언가 함께 나눌 만한 사람이 없는 사람은, 자신과 대화하시오. 그러면 조금 더 살아갈 수 있습니다. 조금 더 걸어갈 수 있습니다. 다가올 미래에 무엇이 되려고 하지 말고, 지금 바로 이 순간에 바라는 그것이 되어. 조금씩 나아가봅시다. 지금 바로 행복해집시다. (나 자신에게 하는 말)

어둠으로 기우는 마음을 전적으로 다 믿지 말고, 그 감정의 결을 보다 세심하고 다정하게 들여다보면서, 어두운 감정에 속지 않겠다고 말할 수 있다면. 그것들에 대해 좀 더 섬세하고도 고유한 방식으로 자신만의 언어로 이름 붙일 수 있다면. 역시나 말처럼 쉬운 일은 아니지만. 한편으로 개인의 의지만으로는 해결할 수 없는, 또한 오래도록 학습되어 패턴화된 사고 체계를 바꾸는 것과도 조금은 다른. 그래서 정신 건강과 관련한 약을 처방받는 일에도 조금은 더 너그러워져야 한다고. 약을 먹는 자신에게도. 치료를 받는 다른 모든 이들에게도.

어느새 한 계절이 지나가고 있다. 식물 하나와 함께 나날을 건너왔고. 그것을 죽이지 않고 같이 건너온 스스로가 대견스럽고. 봄을 채 누리기도 전에 여름이 도착해 있네요. 여름은 무덥고 그래서 무섭고. 그럼에도 우리는 또 우리가 타고난 빛 그대로를 따라 걸어가 겠지. 무너지기도 하면서. 멈추기도 하면서. 또 때때로 날아오르기도 하면서. 그러니. 그렇게. 다시.

도약하는 곡선이 있어 우리는

언제부터 음악이 내게 있어 단순한 멜로디 이상의 것이었는지 기억나지 않는다. 생각해보면 음악은 언제나 가장 가까운 친구로 곁에 있었다. 다른 둘이 아닌 한몸 같은 느낌 속에서, 바깥에서 안을 바라보는 시선이 아니라, 음악 안에서 바깥을 바라보는 형국으로 살아왔던 것 같다.

무엇이 이토록 큰 위안과 울림을 주는 것일까. 음악의 속성을 채 이해하기도 전에, 그것이 우리의 귀를 통해 어떻게 뇌를 거쳐 몸 전체에 폭발적인 파동을 일으키는지, 음악이 우리 몸과 마음에서 어떻게 작동하는지도 모르면서. 애초에 음악은 머리로 이해하는 것이 아닌 가슴으로 느끼는 것이니까. 자신의 내부에서 울려오고 있는 타고난 울음을 다른 누군가가 만들어낸 진동을 통해 내 속에서 다시금 실감하게 되는 것이니까.

오늘의 내가 오늘의 모습일 수 있었던 것도 많은 부분 음악에 빚졌다고 생각한다. 오랜 은신처가 되어주었고 말 없는 대화를 나누는 친구가 되어주었으며 내 속의 영감을 불러일으키는 하나의 영매로서, 네 속에 이렇게 타오르는 불꽃이 있다고, 출렁이는 춤이 있다고, 터져 나오는 울음이 있다고, 음악은 내게 나도 모르는 감정을 일깨워주었다. 언제나 나는 음악 속에서 울음이 터질 것 같은 감정적 경험을, 무한히 날아오를 것 같은 고양감을 얻기를 기대해왔고. 하나의 노래에서 또 하나의 노래로, 한 명의 뮤지션에서 또 한 명의 뮤지션으로 나아갔고, 그러다 또다시 시간을 거슬러 이전에 매료되었던 음악으로 되돌아갔고, 다시 또 새로운 음악으로 나아갔고. 하늘의 거대한 시선으로 내려다 본다면 커다란 나선의 움직임 속에서, 동심원을 그리면서, 때때로 작고 큰 소용돌이 속에 오래 잠겨 있기도 하면서, 조금씩 조금씩 다른 장소로, 다른 나라로 나아가는 궤적을 그리며. 지금껏 들어왔던 곡들과 같으면서도 또다른 곡들을 머릿속으로 상상하면서, 사랑했던 예전 곡들을 반복해서 찾아 들으면서. 그리고 바로 지금 오래도록 사랑했던 어떤 곡이 플레이리스트에서 흘러나온다. 나는 노래의 맥박 속에 들어앉아, 이 음악을 따라가면서, 이 음악이 내게 걸어오는 말을 그대로 받아쓰고 싶다는 충동을 느낀다.

❋

어느 새벽 너는 조금 외롭고 지치고 힘든 것 같다. 너는 그만 생을 놓고 싶은 것 같고, 삶이 어떻게 흘러가든 아무래도 좋다고 생각한다. 표류하는 마음으로 너는 살아왔다. 너는 네 마음을 물들이는 어둡고 무거운 기운에 맞서 은밀히 분투해왔고 그것에 함몰되지 않으려고 노력해왔다. 그것. 삶의 의미 없음. 단순히 무의미함이라고만 말할 수 없. 너는 허상과 허망함 속에서. 사소하고도 거대한 존재들이 네 곁에서 네가 말을 걸어주기를 바라고 있다는 것을 이 음악 속에서 느낀다. 피어

58

나는 꽃들과 가을 저녁 들려오는 풀벌레의 울음과 세상의 그 모든 잔음과 잔음과 슬픔과 슬픔과. 이루지 못한 꿈과 끝내 전하지 못한 말과 아무것도 아닌 채로 세상을 떠난 사람들과 그럼에도 다시 한번 더 이 생을 살아가겠다는 무한 긍정과 죽어서 나란히 묻히자는 애틋한 약속과 가난과 질병과 안간힘과 지극한 고독함에 대해서. 너는 그 모든 것들을 너 자신의 것인 듯 느낀다. 자신을 알고자 하는 사람들과 자신을 버리고자 하는 사람들과 함께. 너는 언제나 네 속에서 울려오는 목소리들을 듣고. 너는 힘없고 뜻 없고 살기를 죽기를 바라는 그 모든 목소리들에 감응하고. 너는 매 순간 온전한 아름다움 속에서 살기를 바라고. 늘 너의 곁에는 어떤 음악들이 흐르고 있네. 그것들이 널 울리면서 널 살게 하네. 그것들은 모두 저마다 고유한 음으로 흐르면서 네 본래의 모습을 일깨워주고 있구나.

✳

　음악에 대한 글을 쓴다고 하자, 가까운 누군가가 가장 사랑하는 앨범에 대해 써달라고 말했다. 오래도록 음악과 함께였으므로 그건 일도 아니라고 생각했다. 단 한 장만을 꼽지는 못해도 두세 장 정도로 압축해서 정리할 수 있을 거라고.
　지난날 영향받았던 음악들을 떠올린다. 그러나 단 한 장의 앨범을 고르는 일은 시절 인연과도 같아서, 시절과 함께 호명될 수밖에 없음을 여실히 느낀다.

　십 대에는 '들국화' '시인과 촌장' '산울림'과 '한대수'를.

　스무 살 무렵에는 록밴드를 하던 시절답게 모든 록밴드 사운드와 '너바나' '마일즈 데이비스' '데이빗 보위' '매닉 스트리트 프리쳐스' '더 스미스' '더 스톤 로지스' '더 버브' '더 디바인 코메디'와 브릿팝 밴드들을. 그리고 1998년에서 1999년에 걸쳐 짧고 굵게 등장했다 사라진 전설의 음악 잡지 《SUB》와 성문영이 번역한 앨범의 노랫말들을.

　그리고 쌍둥이 언니 에니와 함께 만든 믹스테이프를 바꿔 들으며 거실 바닥에 나란히 누운 채로 온종일 음악을 들으며 각자 글을 쓰고 그림을 그리고 기타를 치고 곡을 만들며 사진을 찍던, 근심 걱정 없이 오직 예술에만 헌신하던, 그야말로 순정한 예술가로 살아가던 나날을 지나와.

　삼십 대로 접어들어서는 '존 케이지' '모노' '시규어 로스'. '테이프'(Tape)를 비롯한 Japanese Ambient Sound와 '더 젠틀맨 루저스' '몽골피에 브라더스' '비치 하우스'를.

　사십 대에는 '요한 요한슨' '막스 리히터' '류이치 사카모토'와 나의 사랑하는 싱어송라이터 친구들 '아립' '아솔' '아름' 그리고 노르웨이에 있는 '장수현'을.

그리고 현재는 '정재일'과 '하니아 라니'와 비밀스러운 새 플레이리스트들과 함께.

✳

가장 사랑하는 앨범에 대해 쓰려고 노트북 앞에 앉은 이 순간, 처음 들어보는 노래 하나가 귓가로 흘러든다. 나는 이전에는 듣지 못했던 새로운 노래 앞에서 지금 바로 그 음률에 대해 써나가야 한다고 느낀다. 결국 내가 가장 사랑하는 음악은 언제나 지금 바로 이 순간 나를 울리는 바로 그 곡. 나를 현재에 살게 하는 바로 그 곡. 매 순간 나를 여기가 아닌 다른 곳으로 옮겨 놓는 곡들이라는 것을.

이 곡들은 우선 그 자체로 하나의 울음인데 절대로 자신은 울지 않으면서 울고 있다. 노랫말과는 무관하게 어떤 인물을, 이야기를 건져 올릴 수 있는데, 이것들은 아주 모순적이게도 바닥의 어둠과 천상의 환희를 동시에 품고 있다. 나는 이들이 어떻게 이런 깊은 어둠 속에서 가장 환한 빛에 이를 수 있는지, 어떻게 그 희미한 불빛으로 어둡고 지친 누군가를 건져 올릴 수 있는지 묻는다. 당신은 대체 어떤 삶을 살아왔기에 죽음 속에서도 굴하지 않고 일어나, 비틀거리면서 일어나, 내게 뚜벅뚜벅 걸어오고 있느냐고, 나는 묻는다.

✳ ·

어느 겨울 늦은 오후, 어딘가로 가고 싶어서 그저 걷던 날들이 있었다. 목적지 없는 산책이 이어지던 그즈음 반복해서 듣던 곡은 요한 요한슨의 앨범 《Orphée》. (밤에는 오랜 불면증을 다스릴 목적으로 막스 리히터의 앨범 《Sleep》을 반복해서 들었고. 잠의 숨결 그대로 이어지는 곡의 걸음에 도움을 받아 한동안은 숙면을 취하기도 했지만, 좋은 것들이 늘 그렇듯 곧바로 내성이 생기는 바람에 앨범의 처음부터 끝까지를 들으며 뜬 눈으로 밤을 지새우는 날이 많았고)

그렇게 《Orphée》 앨범을 반복해서 들으며 걷던 길에서 〈Good Morning, Midnight〉이 끝나고 〈Good Night, Day〉로 넘어갈 때면, 어김없이 나는 영화음악 감독과도 같은 마음이 되어 그 곡에 가장 잘 어울리는 장면에 대해, 나 자신도 정확히는 설명할 수 없는 이미지에 대해 골몰하곤 했다. 이를테면, 미지의 인물이 극적인 순간 구세주처럼 아래에서 위로 상승하며 등장하는 장면 같은 것. 하계로 내려가는 하강의 이미지가 아니라 지상으로 올라가는 상승의 이미지로. (실제로 이 앨범은 요한 요한슨이 장 콕토의 영화 〈오르페〉의 초현실적인 이미지와 난수표처럼 무작위로 흘러나오는 목소리에 영감을 받아 만든 앨범이다. 영화 속에는 자동차 라디오에서 흘러나오는 저승의 암호를 초현실주의 시라고 여기며 받아 적기에 여념 없는, 현대적으로 각색된 시인 오르페 '장 마레'가 등장한다. 그는 그의 아내 유리디스와 함께 하계로 내려갔다가 다시 지상으로 올라온다)

그러나 곡을 들으면 들을수록 절정으로 이어지는 첼로의 음률은 단순한 상승의 이미지만으론 설명될 수 없는 보다 정교하고도 깊숙이 찌르는 이야기가 필요하다는 생각을 떨칠 수가 없었다. 한동안 고민은 이어졌지만 적절한 장면을 생각해낼 수가 없었고.

　그렇게 잊고 지내다가 그다음 해 비슷한 계절에, 마치 계절에 맞는 옷을 다시 꺼내 입듯, 지난 계절에 즐겨 들었던 곡을 무의식 속 의식이 무심코 소환했고, 그렇게 다시 요한 요한슨의《Orphée》앨범을 들으며 나는 길을 걷고 있었다. 오래도록 건강이 좋지 못하던 시절이었다. 회복을 위해서 할 수 있는 일들을 해나가야 한다고 스스로를 일으켜 세우고 있었고. 걸을 수 있는 컨디션일 때는 조금씩 걷고 있던 시절이었다. 그렇게 걷고 있는데 눈앞으로 경사가 얕은 언덕 같은 골목이 나타났다. 나는 천천히 그 골목길을 올라가고 있었고, 그때 절묘한 타이밍으로 〈Good Night, Day〉가 흘러나오기 시작했다. 나는 내 걸음의 음보 그대로 그 곡을 온전히 이해했다. 이전에 찾아 헤매던 장면 역시도 분명히 머릿속으로 그려낼 수 있었다. 그러니까 그때 내게 찾아온 사람은, 한 명의 단독자. 그저 걷자고 결심한 한 사람. 곁에는 아무도 없고, 쓰러지기도 아프기도 하지만 어떤 연유로 자신이 가진 내면의 힘을 자각한 자.

　희망 없고 가망 없는 삶 속에서도 그저 걸어가기로 한 사람이 비로소 보이기 시작했다. 스스로를 스스로에

63

게 의탁하기로 한 그 사람은 내게로 천천히 걸어오더니 어느새 곁에서 나란히 걷고 있었고, 그의 걸음과 나의 걸음이 하나로 겹치면서 그는 나의 걸음이 되고 있었다.

나는 그런 박동을 가진 음악을 수없이 많이 간직하고 있었고, 그럼에도 또 같으면서도 다른 질감의 곡들이 새롭게 나타나기를, 발견되기를 기다린다. 어쩌면 그것이 내가 하나의 글을 마치고 다시 새로운 글로, 하나의 책에서 다음 책으로 나아가는 이유와 같은 건지도 모를 일이었고.

너는 아주 작은 존재야. 너는 아주 작은 존재 그 자체로 크고 밝고 충만한 존재야. 어떤 목소리가, 어떤 멜로디가, 내 속에서 늘 배음으로 나와 함께 울어주고 있어서 나는 늘 무언가를 쓴다. 내 글의 첫 번째 독자인 나 자신에게. 그리고 가까스로 연결되어 있다고 느껴지는 나의 두 번째 독자인 당신들에게. 아프고 외롭고 작고 크고 밝고 충만한 사람들에게. 조금만 울고 한숨 자고 일어나 밥을 먹고 좀 걷자고. 각자의 삶을 잘 살아가는 것으로 서로를 좀 더 잘 살아가게 하자고. 삶은 하나의 즐거운 놀이거든. 진지할 것은 조금도 없거든. 그 모든 것을 감내하면서 나아가는 것 자체가 네 아름다움의 증거라고. 그렇게 너와 내가 또 한 시절을 건너왔다고. 나는 이 모든 문장을 나의 음악 속에서 써 내려간다.

오롯이 나이면서 온전히 나 혼자만은 아닌 나. 내

속의 다성의 목소리로서. 올가 토카르추크가 『다정한 서술자』에서 말했던 그 서술자와도 같은, 비비언 고닉이 『상황과 이야기』속에서 말했던 글의 목소리를 결정하는 페르소나와도 같은, 마르그리트 뒤라스가 『고독한 글쓰기』에서 얘기했던 바로 그 목소리, 글쓰기에 착수할 때는 자기 자신보다 더 강해져야만 한다고, 그리고 쓰는 것보다 더 강해져야만 한다고 할 때의 바로 그 목소리로.

그러니 나는 너이고 너는 모두이고 나는 아무것도 아닌 채로 모든 것이고 편재하는 동시에 낱낱으로 구체적인 이름으로 존재하고 있고. 그러니 어떤 멜로디는 어떤 울음은 어떤 이미지는 어떤 목소리는. 살아가는 것에 대해서, 아무것도 아닌 존재로 살아가는 것에 대해서, 아무것도 아닌 것으로 죽어가면서 반짝이는 그 모든 크고 작은 존재들에 대해서, 그러니까 너와 우리 모두에 대해서, 무언가를 끝없이 말하고 있어서.

나보다 더 오래 아픈 나의 아름다운 친구 케이는 늘 내게 말했었다.

"우리는 풍차 바퀴 위의 매미가 아니고 풍차 바퀴야."

이후로 한참을 더 앓은 뒤에 우리는 다시 말했다.

"우리는 풍차 바퀴가 아니라 풍차 바퀴 위의 매미를 바라보는 신의 눈이야."

그러니 우리는 우리만의 언어를 새롭게 해야 된다

고. 우리는 우리만의 도약하는 곡선을, 그 지평을 넓히고 넓혀야 한다고.

　글의 마지막 문장과 함께 플레이리스트의 마지막 곡은 이렇게 끝난다.

This is not the end

Trouble will not take me, yeah

It's not the end (this is not the end)

It's not over yet

I will fight for it (this is not the end)

'Til my dying breath

It's not the end (this is not the end)

It's not over yet

I will fight for it (this is not the end)

'Til my dying breath

Trouble will come, trouble will go

This is not the end

– MILCK의 This Is Not The End 중에서

메탈리카 포에버

불면증이 오래되었다. 오늘은 자보려고 저녁 열 시 무렵부터 누웠다 일어났다를 반복했는데 어느 순간 기절할 듯 잠이 쏟아져서 침대로 가 누웠지만 역시나 얼마 지나지 않아 눈이 떠졌다. 시계를 보니 겨우 십여 분 정도 지났을 뿐이다. 잠들 수도 깨어날 수도 없는 새벽의 한가운데에서. 무언가 들을 수도 듣지 않을 수도 없는 마음으로. 마음의 저항을 줄이기 위해 오래전 반복해서 들었던 익숙한 곡들을 찾아 듣고 있다.

어느 결에 더는 이전처럼 듣지 않게 되었지만 오래전 플레이리스트에서는 대학 시절 즐겨 듣던 록 밴드의 음악이 연속으로 흘러나온다. 스무 살 무렵 내가 생각했던 오십 대는 더는 삶에 대해 특별한 호기심이 없는, 조금은 심심하고 담담한 마음으로 노년기에 접어드는 할머니라고 생각했었는데. 현실 속 오십 대인 나는 여전히 록 음악을 들을 때면 불타오르는 마음이 되어 가슴이 쿵쿵 뛴다. 귀가 먹을 정도로 광광거리는 그 모든 메탈 사운드를 밤낮없이 풀 볼륨으로 듣던, 절규하듯 노래하던 엑스 재팬의 히데와 요시키의 연주 속에서 슬픔과 아름다움의 바닥을 유영하던. 그렇게 서늘하고도 광대한 사운드를 찾아 헤매던 스무 살의 마음 그대로 늙어버린, 슬프고도 기쁜, 그러나 그것들을 온전히 향유하기에는 약간 지친 오십 대…….

대학 시절 록 밴드 동아리를 하며 어울렸던 친구들 대부분은 중고등학교 때부터 록 밴드를 결성해 악기를 다룬 아이들이었고, 뼛속까지 메탈 키드였던 그들은 대학에 왔을 땐 이미 웬만한 밴드의 곡들은 자유롭게 카피할 수 있는 수준이었다. 우리가 과연 음악으로 먹고 살 수 있을까를 고민하던 시절, 특출한 작곡 능력이 없는 이상 뮤지션이 아닌 세션 맨이나 이벤트 회사의 음향 기사로, 그나마 좀 사정이 나으면 레코딩 스튜디오의 사운드 오퍼레이터로 전향한다는 현실을 밴드 선배들을 통해 확인하면서도 답보 상태인 현실과 오래 꿈꾸어왔던 뮤지션으로서의 미래를 저울질했다. 우리가 가는 이 길이 맞긴 한 걸까. 그럼에도 그저 음악을 한다는 것 자체가 좋았고. 계속해서 연습실에서 연습을 이어갔고, 무수한 밤 뒤에 무수한 아침이 왔고. 밤새워 합주를 한 우리들은 피곤으로 무거워진 몸과 반생은 늙어버린 얼굴로 날이 밝아서야 집으로 돌아가곤 했다.

학교 연습실에서 교문으로 향하는 길은 아래로 가파르게 경사져 있었는데 아침 첫 강의를 듣기 위해 교문에서 몰려오는 학생들 무리 속을 헤치고 집으로 가기 위해 아래로 내려갈 때면 거꾸로 강을 거슬러 오르는 한 마리의 연어가 된 것만 같았다. 자신만의 세계에 함몰되기 쉬운 청춘이 그러하듯. 밴드 생활을 하면서 틈틈이 소설을 써 몇몇 신문사와 문예지 신인상에 원고를 응모하던 시절이었다. 이미 수차례 낙선을 했고 낙선을 할 때마다 아무렇지도 않은 척했지만 속으로는 이제 음악으로 시간 낭비는 그만하고 본격적으로 글을 써야 한다고 스스로를 나무랐다. 다짐에 다짐을 했지만 여전히 몸은 학교 연습실에서 기타를 치고 있었고. 글쓰기와 음악 사이를 왔다 갔다 하며 몸과 마음이 제각각으로 달려가고 있는 상태를 그대로 내버려두는 것으로 알 수 없는 자책감과 죄책감을 키우던 시절이었다. 그럼에도 음악 속에서 살아간다는 사실이 너무나도 좋았고. 음악 속에 깊이 머무를 수 있는 가능성이 그저 좋았다. 순간 순간 충만했고 아름다웠고 슬펐고 행복했고 불행했고 주위의 다른 모든 것들이 음악 앞에선 대수롭지 않던 시절이었다.

＊

오래전 록 음악들은 나를 스무 살 시절로 곧장 데려갔고. 이제는 없는 시절이 사무치게 그리워진 채로. 잊고 있었던 허기와 추위와 전율과 감동과 이상한 열기 속에서. 잠이 완전히 달아난 상태로 책상에 앉아 추억의 록 넘버들을 줄줄이 찾아 듣고 있다.

＊

지난여름에는 오래전에 들었던 하드록 앨범을 많이 찾아 들었다. 블랙 사바스, 딥 퍼플, 레드 제플린을 시작으로, 메탈리카, 메가데스, 아이언 메이든, 드림 시어터, 핼러윈과 오지 오스본, 디오와 레인보우, 건즈앤로지스와 스키드 로…… 록 밴드 시절 곡을 카피하느라 귀에 못이 박일 정도로 듣고 또 들었던 추억의 노래들을.

휴가를 맞아 같이 밴드를 했던 옛 친구들이 거제도로 캠핑을 왔는데 친구 하나가 시간 여행이라도 하듯 대학 시절 무대에 올리곤 했던 곡들만 골라 들려주었다. 메탈리카의 〈Nothing Else Matters〉가 흘러나올 때 우리는 몇십 년을 건너뛰어 어리고 젊은 시절로 곧장 돌아갔다. 묵직한 사운드 뒤로 기타 노이즈가 페이드아웃되면서 곡이 끝나가면 드림 시어터의 〈Another Day〉가 이어 흘렀고. 연이어 핼러윈의 〈Keeper of the Seven Keys〉가, 오지 오스본의 〈Mr. Crowley〉와 〈Goodbye to Romance〉가, 스키드 로의 〈In a Darkened Room〉이 차례 차례로…… 스무 살 시절에 들었던 그대로, 한 편의 대서사시와도 같은 바로크적인 기타 사운드가 웅장하게 흘러나올 때, 어쩜 이럴 수가 있지, 삼십 년이 지났는데도 여전히 그 시절의 감정이 그대로 되살아나다니, 하면서. 바람은 불고 바다는 울고 밤은 길고. 이제는 모두 한 가정의 가장이자 아이의 아버지가 된 오십 대 친구들과 밤바다에 둘러앉아 함께 연주했던 곡들을 들으면서, 우리 참 많이도 늙었네, 많이도 잊고 살았네, 하면서. 추억의 옛 노래는 여전히 흐르고. 비장한 피아노 연주를 시작으로 액슬 로즈의 목소리가 흘러나오면, 〈November Rain〉은 케이네 밴드 단골 레퍼토리였잖아, 하면서. 모래바람이 휘날리는 벌판에 서서 깁슨 레스폴을 연주하던 슬래시의 모습이 동시에 떠오르고. 그러는 사이. 〈Don' Cry〉가 이어서 흐르고. 이 기타 톤은 들을 때마다 왜 이토록 가슴 아픈 걸까 속으로 생각하면서. 모두들 회한에 젖은 채로, 사라져간 시간을 겹쳐 바라보면서. 밤은 깊어가고 노래는 끝이 나고 하나둘 말수도 점점 줄어들면서……

＊

그 밤 이후로 갑작스럽게 시간 여행자가 되어 젊은 시절 즐겨 들었던 록 넘버들을 찾아 듣다가 메탈리카가 여전히 건재하다는 사실을 알게 되었다. 특히 2009년에 프랑스 님(Nimes)에서의 라이브 공연 영상은 가슴을 깊이 울리는 구석이 있었는데.

커크 해밋의 기타 솔로 뒤에 그 유명한 〈Nothing Else Matters〉의 기타 인트로가 나지막이 울려 퍼지기 시작하고. 인트로의 마지막 부분에서 맑은 종소리처럼 피킹 하모닉스가 울려 나오는 2분 29초 무렵, 조금씩 잦아드는 커크의 기타 아르페지오 위로 똑같은 아르페지오 멜로디를 덧입히면서 무대 뒤편의 어둠 속에서 제임스 헷필드가 천천히 걸어 나온다. 무대 앞으로 걸어 나온 제임스 헷필드와 커크 해밋이 서로를 마주 보며 얼마간 같은 멜로디를 연주할 때, 그리고 인트로가 끝나갈 무렵 곡의 도입부를 이끌어준 오랜 친구 커크에게 제임스가 소리 없는 입 모양으로 감사의 인사를 전하며 조용히 예의를 갖출 때, 친구의 우정 어린 인사를 뒤로하고 기타를 맨 커크 해밋이 무대 뒤편으로 조용히 사라져갈 때. 그렇게 〈Nothing Else Matters〉는 시작된다. 느리고 낮게, 낮고 느리게.

So close, no matter how far
아무리 멀리 떨어져 있다 해도

Couldn't be much more from the heart
마음이 멀어진 게 아니라면

Forever trusting who we are and nothing else matters.
우리 자신을 끝까지 믿는다면 아무것도 문제될 건 없어.

＊

대학 시절 기타를 메고 공연 무대에 오를 때면 늘 그런 생각을 했던 것 같다. 오늘 이 순간 강력한 아름다움 속에서, 강력한 슬픔 속에서, 강력하게 진동하며 울어대는 음들과 함께 우리 다 함께 죽어보자고, 그렇게 다 함께 살아보자고.

사람의 기질은 쉽게 변하는 것이 아니어서 세월을 훌쩍 건너 나이를 먹은 요즘에도 아름다움에 쉽게 마음이 움직이는 슬픈 기질은 그대로 남아 있어서. 때때로 문득, 강력한 아름다움 속에서, 강력한 슬픔 속에서, 죽고 싶다는, 살고 싶다는 생각이 순간순간 흐르고.

＊

74

메탈리카의 이 서정적인 공격성을 뭐라고 불러야 할까. 이들의 음악에서 느끼는 것은 순도 백 퍼센트의 메탈 사운드 그 자체로. 열정과 슬픔인 채로 상승하는 에너지는 순도 이백 퍼센트로 몰아쳐주는 것이 좋다. 잊고 있다가도 이토록 가슴이 뛰니. 이 철없는 마음을 뭐라고 불러야 할까.

늙음의 흔적이 역력한 얼굴인데도 제임스 헷필드는 특유의 위엄을 간직하고 있다. 마초처럼 보이지만 실은 군살 없는 수도승 같은 이미지로. 묵묵히 한길을 걸어가는, 한 세계에서 마스터의 경지에 오르기 위한 신실한 자세를 견지하면서, 자신의 전 생애를 다해 순간을 영원처럼 걸어가는 자들. 그들에게는 인간의 높고 깊은 정신, 쉽사리 드러나지 않는 초혼 같은 것이 드넓은 빛처럼 드리워져 있다.

＊

나의 오랜 친구, 메탈리카.
여전히 거기 그곳에 있어주어서 감사합니다.

그 빛이 내게로 온다

그해 겨울 우리는 두 개의 시간 속에 놓여 있었다. 여기와 저기. 이곳과 저곳. 십이월의 늦은 오후. 드골 공항은 잿빛이었다. 말 그대로의 잿빛. 너는 공항을 나서자마자 손목시계를 풀었다. 너는 시계의 시침과 분침을 돌렸다. 여덟 시간 앞으로. 더 이상 돌릴 수 없을 때까지. 더 이상 돌려서는 안 될 때까지. 내 손목시계는 떠나왔던 곳을 그대로 가리키고 있었다. 잊고 싶은 것들을 그대로 가리키고 있었다. 잊어서는 안 되는 것들을 그대로 가리키고 있었다. 나는 내 시간을 그대로 두기로 했다. 이제부터 내가 어디에 있었는지 보게 될 거라고 생각하면서. 우리는 앞으로 앞으로 걸어갔다. 과거를 향해. 우리가 있었던 곳을 향해. 우리가 놓여 있었던 빛을 향해. 어둠을 향해. 거슬러 거슬러 가는데도 떠내려가는 것만 같은 여행. 어쩌면 떠내려가기 위해 이곳으로 왔는지도 모르지. 너 혹은 내가 말했다. 서로가 서로의 입속말인 것처럼. 서로가 서로의 혼잣말인 것처럼. 어떤 말을 숨기기 위해, 들키기 위해, 간신히 만들어낸 두 개의 입구처럼. 우리 둘 중 누구 하나가 사라진다고 해도 조금도 이상할 것이 없는. 그리하여 나는 지금 하나의 목소리를, 아니, 몇 개로 중첩돼 흐르는 목소리를 받아 적고 있다.

떠나오기 전 나는 몇 가지를 다짐했다. 아무것도 읽지 말 것. 아무것도 쓰지 말 것. 일기를 쓰지 말 것. 특히 편지를 쓰지 말 것. 그러나 채 몇 걸음도 걷기 전에 무언가가 쓰고 싶어졌다. 읽고 싶어졌다. 보고 싶어졌다. 듣고 싶어졌다. 말하고 싶어졌다. 떠나오기 전 마지막으로 썼던 글의 마지막 문장을 떠올렸다. 확신할 수 없는 그 문장을. 단정지을 수 없는 그 문장을. 출처를 알수 없는 한 장의 사진과도 같은 그 문장을. 나는 우연히 발견한 사진 한 장을 아주 오래전부터 책상 위에 붙여두었다. 그것이 스스로 무언가를 말하게 될 때까지. 그것을 오래도록 간직해온 이유를 스스로에게 설명할 수 있을 때까지.

여기 어떤 빛이 있다. 어둠이 있다. 어두운 방 안. 창가에 여름 직물로 만든 드레스 하나가 걸려 있다. 그리고 빛이. 어떤 빛이 그 드레스의 심장을 관통하고 있다. 나는 마치 내가 그 드레스의 주인인 것처럼 혹은 그 드레스를 바라보는 바로 그 사람인 것처럼 느낀다. 이 빛은 내게 무언가를 말하라고, 말해야만 한다고, 강요하고 재촉하고 독촉하고 있다. 하지만 무엇을?

그것은 이제 막 시작되었거나 이제 막 끝났는지도
모른다. 이제 막 가슴에 매단 작고 빛나는 훈장
혹은 누군가의 마지막 유품처럼. 언젠가 너는 내게
편지했다. 겨울에는 나에게로 여행 오세요. 이를테면
이런 여행. 황혼이 내리기 시작하는 사막 위를 낡은
캐딜락을 타고 홀로 달려가는. 지평 저 너머로 희미한

모래 먼지가 되어 사라져가는. 사막에는 사막밖에 없지. 나에게는 나 자신밖에 없듯이. 내 성질에 맞는 사람들은 미친 사람들, 미치도록 살고 싶어 하고, 미치도록 말하고 싶어 하고, 미치도록 구원받고 싶어 하는 사람들이다. 이런 사람들은 모든 것을 갈망하고, 시시한 일을 떠벌리거나 말하지 않고, 로마 신화에 나올 법한 황금빛 양초처럼 타오르고, 타오르고, 타오르는 사람들이다. 우리는 길 위에 나란히 서서 잭 케루악을 읽었지. 너는 아주 어릴 적부터 기타리스트가 되는 것을 은밀히 소망해왔다. 하지만 기타리스트가 되기엔 네 손가락은 너무 작고 어두웠다. 너는 남몰래 탁자 밑에서 강박적으로 손가락을 늘이곤 했었지. 너는 불운하지도 불행하지도 않다. 다만 조금 자주 울적할 뿐이다. 어쩌면 우리는 끝없이 이어진 들판 위에서 언제까지나 언제까지나 춤을 추는 야윈 몸의 요기가 됐을 수도 있었을 텐데. 나는 우리의 팔과 다리가 부드럽게 휘저어놓은 공기의 입자를 느낀다. 어제저녁 나는 팔차원 초다면체를 아홉 개나 찾아냈어요. 그것들은 속이 빈 채로 서로 맞물려 있었죠. 나는 콕세터라는 이름 하나를 떠올린다. 우리들은 마치 만화경 속의 풍경처럼 완벽하게 아름다운 대칭을 이루며. 무한히 흔들린다. 달린다. 날아오른다. 내 머릿속을 떠도는 마이너의 피아노 음계. 유리잔 바닥을 떠도는 녹차 찌꺼기. 내겐 언제나 사소한 것에 쉽게 감동하는 나쁜 버릇이 있었다.
우리는 한배에서 태어난 두 개의 머리 같구나. 그리고.
그러나. 어느 날 무언가가 지속되기를 바라는 순간.
우리 둘 중 누군가가 입을 다문다. 우리는 태어나기
전에는 모두 죽어 있었다. 빛이 사라진다. 어떤 빛이.
어떤 빛이 어둠 곁으로. 어둠 뒤로. 사라진다.
나 혹은 너는 검은색 혹은 흰색이 된다. 나는 기다릴
수 없는 것을 기다릴 수밖에 없었던 시간을 떠올렸다.
망설여서는 안 되는 것을 망설였던 시간을 떠올렸다.
나는 너에게 여행 가지 않았다. 그리고. 그러나.[3]

당시 머물고 있던 친구의 친구네 집은 뤽상부르 공원 곁에 서 있는 낡고도 품위 있는 아파트들의 무수한 꼭대기 층 중 하나였다. 나무 바닥에 아무렇게나 쌓여 있는 낡은 페이퍼북 더미들, 금방이라도 쏟아져 내릴 듯 벽의 한편에 놓여 있는 이런저런 음반들, 색색의 유리 꽃 조명등과 몇 개의 술병들, 직접 그려 붙인 그림들, 그리고 종이 갓을 씌운 엷은 전등 빛에 반쯤 비쳐 보이는 〈알파빌〉 포스터. 우리는 친구의 친구가 저녁을 준비하는 동안 좁디좁은 베란다로 나가 까마득한 발아래를 내려다보았다. 거리는 크리스마스 물결로 넘실거리고 있었다. 끝없이 이어진 소실점의 거리 위로 작은 알전구들이 쉴 새 없이 반짝이고 있었다. 그것들은 있는 힘을 다해 잿빛 거리를 천국으로 만들고 있었다. 우

리는 베란다에 서서 서로의 입김이 피어오르며 사라져
가는 궤적을 하염없이 바라보았고 그러는 중에도 서로
의 손목을 끌어와 여기와 저기의 시간을 확인하는 것을
잊지 않았다. 딱히 시간을 알아야 할 이유도, 필요도 없
었지만 순간순간 떠나온 곳과 도착한 곳 사이의 간격을
가늠했고, 그러다 보면 문득문득 무언가 중요한 것을
두고 왔을지도 모른다는 생각이 들곤 했다.

　　친구의 친구의 이름은 줄리아, 에밀리, 아니면 나
미코였다. 어쩌면 그 모두가 단 한 사람의 이름이었는지
도 모르겠다. 나는 꼭대기 층의 좁고 가파른 수동식 엘
리베이터를 타고 내려오는 순간 그 이름을 성급하게 잊
었다. 그리고 지금 줄리아, 에밀리, 나미코의 그때 나이
가 지금의 내 나이였다는 것을 문득 알아차린다. 친구
의 친구는 차갑게 식힌 맥주와 와인과 샴페인과 치즈
와 과일과 직접 구운 빵과 중국식 쿠키를 정성스레 차
려 내왔다. 우리는 그것을 먹었고 마셨고 각자에게 주
어진 포춘쿠키를 잘라 서로의 문장을 돌려보았다. 서로
의 말을 명확히 알아듣지 못했지만 그것 그대로 좋았다.
모든 말들이 그렇듯 딱히 알아들어야만 할 것들은 없
다고, 정말 알아들어야 할 것이 있다면 언젠가는 꼭 알
아듣게 될 거라고 나는 생각했다. 친구의 친구는 몇 권
의 책을 보여주었고, 그중 한 권은 익히 알고 있던 안데
르센 동화와는 다른 결말의 인어공주 전설이었고, 음악
몇 곡을 들려주었고, 그것들은 자주 끊기는 대화 사이

를 자기만의 속도로, 자기만의 리듬으로 무심하게 흐르고 있었다. 친구의 친구는 스스로를 독서광에다 영화광이라고 말했다. 이제 너만의 것을 만들어볼 생각은 없냐고 묻자 그는 그저 웃을 뿐이었다. 그는 나에게 무슨 일을 하냐고 물었다. 나는 딱히 대답할 말이 생각나지 않았다. 식탁 위의 음식이 줄어들었고 우리의 말수도 줄어들었다. 우리는 악수를 하고 어깨를 몇 번 두드려주었다. 우리는 작별했다. 두 번 다시는 만날 수 없겠지. 매일 한결같이 집과 일터를 오가며 몇 년 동안이나 이렇다 할 만한 친구나 연인 없이 지내면서 혼자 밥을 해먹고 책을 읽고 음악을 듣고 영화를 보다 잠드는 머리 위로 비치는 작은 불빛. 나는 시적인 영화 〈알파빌〉을 몇 번이나 되풀이해서 봤었다고, 고다르는 빛과 어둠이 무엇인지, 그것이 서로를 어떤 방식으로 비춰주고 있는지를 알고 있는 몇 안 되는 사람 중 하나라고 말하지 못한 것을 잠깐 후회했다.

목적도 약속도 없이 걷는 여행. 마레 지구에서 루브르 박물관으로, 파리의 북쪽 지역인 몽마르트르 언덕이나 뢰상부르 공원을 오갔고. 거리와 거리, 골목과 골목을 산책하지 않을 때 우리는 친구의 집에 게으르게 누워 무언가를 듣거나 보거나 마시거나 묻곤 했다. 나는 여전히 그 무엇도 읽지 않았고 쓰지 않았다. 일기를 쓰지 않았고 편지는 더더욱 쓰지 않았다. 친구의 방에 놓여 있던 밥 딜런, 존 바에즈, 그레이트풀 데드, 제퍼

슨 에어플레인, 벨벳 언더그라운드, 재니스 조플린, 패티 스미스와 소닉 유스, 톰 웨이츠와 데이비드 보위는 떠나왔던 곳에서 듣던 것보다 조금은 더 쓸쓸하게 느껴졌다. 예술대학에 다니고 있던 친구는 아침 일찍 나가 저녁 늦게야 돌아왔다. 오는 길에 사 들고 온 쿠키 상자를 흔들어대면서. 쿠키는 아주 작고 달았다. 쿠키는 언제나 세 조각뿐이었다. 우리는 한 사람에 하나씩 그것을 천천히 먹었다. 친구는 낭비하지 않았다. 친구는 낭비할 것이 아무것도 없어 보였다. 우리는 무언가 낭비하고 있었다. 낭비하고 낭비하는데도 왜 그런지 여전히 낭비할 것이 남아 있는 것만 같았다. 우리는 떠나왔던 곳에서와 마찬가지로 약간의 희망과 약간의 절망을 가지고 있었다. 약간의 행복과 약간의 불행을 가지고 있었다. 여전히 낭비할 빛과 어둠을 가지고 있었다. 무언가를 낭비하고 소모하며 소진하며 잠들다 깨고 잠들다 깨는 며칠을 보내고 나면 또다시 묘지와 묘지 사이를 순례하곤 했다. 어떤 묘지들은 입구를 찾지 못했고, 간신히 입구를 찾아 들어간 묘지에선 찾으려고 했던 묘석을 찾지 못했다. 지나가는 행인에게 묘지 가는 길을 물어보았지만 그 누구도 묘지 가는 길을 알지 못했다. 누구나 언젠가는 가게 될 그 길을 아무도 알지 못했다. 화창한 날의 묘지 순례는 마치 풍광 좋은 곳으로 소풍이라도 나온 듯한 기분이 들었지만 그런 날은 흔치 않았고 대부분 흐리거나 비가 왔다. 우리는 우리가 보고자

했던 작가와 화가와 음악가의 묘석 위에 놓인 편지와 엽서와 꽃과 지하철 티켓과 사진과 눈물을 바라보곤 했다. 나는 미리 써 간 짧은 편지들을 몇몇 묘석 위에 올려두었다. 그들이 그것을 읽을 수 있을 거라고 생각하면서. 짧은 편지를 두고 오는 것으로 한 시절과 작별할 수 있을 거라고 생각하면서.

여기 어떤 빛이 있다. 어떤 어둠이 있다. 어두운 방 안. 이제 막 밝아올 새벽빛을 암시하고 있는. 혹은 언젠가의 새벽의 어둠을 품고 있는. 어둡고 밝은 빛이. 얇게 휘날리는 여름 드레스의 질감 사이로 엷게 스며드는 푸르스름한 기운처럼. 어떤 빛이 곧장 내게로 다가와 오래전 사랑했던 사람의 기억을 가슴 아프게 감각하게 한다. 이미 지나갔지만 다시 돌아오고 있는 빛.

그 빛이 내게로 온다.

꿈은 어디로부터 흘러와서 어디로 흘러가는가

— 새벽 일기 2016년 2월 7일 01시 31분

추운 하루였고 많이 걸었다. 걸으면 무언가를 마음껏 그리워할 수 있어서 좋다. 무언가를 잊기에도 좋다. 몇 년 전 스위스를 여행 중이던 시인 제이에게서 엽서 한 장을 받은 적이 있는데, 작고 푸른 엽서에는, 더 이상 그리운 것이 없을 때 우리는 무엇으로 시를 쓸 수 있을까 언니, 라고 적혀 있었다. 평소의 햇살같이 환한 성정을 잘 알고 있어서인지 그 몇 줄이 몹시도 쓸쓸하게 느껴졌다. 그 후로 제이를 만날 때면 그 아이가 바로 옆에서 환히 웃고 있는데도 환한 얼굴 위로 엽서의 쓸쓸한 문장이 그늘을 드리우는 것 같았다. 그리운 것을 그리워하면 그리운 것은 떠나간다. 떠나가면서 다시 무언가가 다가온다. 아무려나 오늘. 오래 간직해온 그리움이 떠나간 자리에는 그리움이라는 낱말로는 다 가릴 수 없는 잔상이 일렁이며 흘러가고 있었고. 그것들이 흘러가는 자리를 그저 뒤따라 걷는 것으로 나는 시간 속에서 잠깐 사라지는 사람이 될 수 있었다.

언젠가 좋아하는 선배 시인의 블로그에서, 나이를 먹으며 배우는 것은 잘 포기해야 하는 것이다, 라는 문장을 읽은 적이 있다. 나 역시 몇 년 전부터 이런 식의 체념 아닌 체념을 배우며 온전히 받아들이게 되었기 때문에 그 문장을 읽는 순간 다시금 마음 깊이 고요해졌다.

내 경우는 생각지도 못한 갑작스러운 사고 때문에 의지와 무관하게 오래도록 누워 지내게 되면서 더욱더 그런 체념과 싸우게 된 경우인데. 아니, 어쩌면, 그렇게 나이 들어간다는 것, 이전과는 다른 육체적 정신적 기운을 감지하게 되었기 때문에 머나먼 시베리아로 떠나게 되었고 그래서 사고를 당하게 되었는지도 모르겠단 생각이지만. 이제 와서 일의 순서가 중요한 것은 아니고 그저 한 시절을 잘 건너왔다는 것이 중요한데. 그의 블로그 글을 읽으면서 새삼 묻어두었던 어떤 감정들이 되살아나면서. 선배의 표현대로, 자기 앞의 생을 받아들인다는 것, 허용한다는 것, 그것은 다른 말로 하자면, 구하지 못하는 것을 더 이상 바라지 않게 되었다는 말에 다름 아니겠지. 더 나아가 온전히 자기 자신에게 집중할 수 있게 되었다는 것. 외부의 상황이나 평가와는 무관하게 자기가 해나가려는 것을, 조급해하지도 초조해하지도 않으면서, 자기만의 속도로 하루하루 꾸준히 해나가겠다는 말이겠지. 단순하고 명료한 삶으로 나아간다는 것. 이제는 그도 나도 늙어간다는 것이 무엇인지 따로 시간을 내어 생각하지 않아도 자연의 순리를 어떠한 저항 없이 받아들일 나이가 된 것이겠지. 늙음을 받아들이게 되었다는 것. 젊다고 여겨지던 날들 속에서 경험할 수 있는 것들을 이미 온전히 경험하면서 만개했었던 청춘의 시절을 보낸 기억을 갖고 있기 때문이기도 하겠지만. 이제 더 이상 젊음이 부럽지 않다는 것은 얼마나 다행한 일인지. 또한 젊음이 부러울 만큼 충분히 늙지도 않았다는 사실 역시 얼마나 감사하면서도 겸허해지는 일인지.

시베리아 여행에서 겪은 척추 골절 사고와 이후 몇 차례의 수술 후 회복 중이던 지난 연말, 한국문화예술위원회로부터 창작 지원금을 받게 되었다. 수여식에 참석할 수 있느냐는 요청에 몸이 아파 갈 수가 없다고 말했다. 허리 통증이 조금씩 호전되고는 있었지만 몇 시간씩 차를 타고 서울을 오가다가는 누워 있는 시간이 더욱 길어질 것이 뻔했다.

늙음에 대해 말해보자면 어쩌면 오 년이나 십 년 뒤에 경험하게 될 육체적 노화나 쇠락을 이처럼 빨리 앞당겨 느끼게 됐다는 것이 내게는 여러 가지로 의미 있는 일이라 여겨진다. 어렸을 때부터 걷고 달리고 춤추고 움직이는 것을 너무나도 좋아했고 체력에는 자신 있었던 내가 이제는 간단히 들어 옮길 수 있는 탁자 하나도 혼자 옮길 수 없게 되었다는 것. 한나절이면 끝낼 집 정리를 며칠에 나눠서 해야 한다는 것. 이미 마음으로 받아들이고 있다고 생각했지만, 문득문득 채 정리되지 않은 좌절감과 열패감이 의식의 수면 위로 올라올 때면 몸의 고단함보다 정신의 고단함이 일상을 더욱 쉽게 무너뜨리는 기분이지만. 조금씩이나마 이런 나의 현재의 조건을 진정 생의 헌사로 받아들이기 시작했다. 아픈 몸으로 인해 정신을 더욱 단련할 수 있게 된 것이라고. 그저 조금 몸이 불편해졌을 뿐이라고. 그러니 하루에 다 옮길 수 없는 것들은 며칠에 나눠서 옮기면 되는 거라고. 허리 통증으로 오래 앉아 글을 쓸 수 없다면 며칠에 나눠서 쓰면 된다고. 이 모든 일들도 내게 감당할 수 있는 힘이 있기 때문에 찾아온 것이라고.

＊

늘 그렇듯 공책에 하루의 일기를 쓰고 음악을 듣고 그림을 본다. 일정한 시간 동안 읽고, 쓰고, 때로는 어둡고 텅 빈 극장에 홀로 앉아 가슴을 울리는 장면들도 만나면서. 일생 동안 반복되며 꾸는 꿈을 다시금 떠올리면서. (……) 그 목록의 세부를 일일이 기록하고 싶지는 않고.

얼마 전 이른 아침에 꾼 꿈은 숲속에서 혼자 걷는 꿈이었다. 눈을 뜨고서도 한참을 고적한 대기 속을 거닐고 있었기 때문에 뜬 눈을 비비며 다시 한번 더 깨어나 주위를 둘러보았을 때 몸을 휘감고 있던 공기가 꿈속으로 스며들고 있다는 것이 아쉬웠다. 다시 눈을 감았을 땐 새벽녘 한차례 깨어나 꿈을 기록하려다 잠들었다는 것을 떠올렸고. 그러나 역시 아침이 되었을 땐 기록하려던 꿈은 조금도 기억나지 않았다. 스미듯 사라져가는 어떤 감정만이 침대 곁을 맴돌 뿐이었다. 그 며칠 전에 꾸었던 꿈은 멀리 떠난 여행길에서 혼자만 남겨진 꿈이었는데, 어디다 벗어두었는지 모를 외투를 찾아 헤매는 동안 일행은 떠나고 없었다. 인생이란 그런 것이다. 혼자 와서 혼자 가는 것. 그 곁에 동반자가 있고 없고와는 무관하게. 기쁨 혹은 슬픔과도 무관하게. 혼자로 오롯이 서서 살아가다 왔던 곳으로 다시 돌아가는 것. 그 과정에서 영혼의 수준을 조금이나마 높일 수 있다면 더욱 좋을 테고.

혹독한 추위와 통증에 시달리던 시베리아의 작고 낡은 병실. 걷지 못하는 채로 평생 누워 지내게 될지도 모른다는 사실 앞에서. 침대에 누운 채로 절망의 빛이 어려 있는 의사들의 암묵적인 눈빛을 올려다보면서. 이곳에서의 응급 수술이 잘못되면 서울에 돌아가도 더는 손쓸 도리가 없다며 한국의 지인들 모두가 수술을 말리는 상황이었지만 한국으로 돌아가는 비행기를 타기 위해서라도 응급 수술을 해야만 했는데. 어쩔 수 없이 수술을 하기로 결정을 하고 수술실 앞 침상 위에서 혼자 대기하고 있던 그때, 오래되어 여기저기 금이 가고 페인트칠이 벗겨진 아우슈비츠 수용소 같은 병원의 천장을 올려다보면서. 혹시나 수술이 잘못되어 두 번 다시 눈을 뜨지 못할 수도 있다는 생각에 겨우 움직일 수 있는 손가락으로 휴대폰 화면을 열어 유서를 썼다. 어머니, 아버지, 쌍둥이 언니 에니와 동생들에게. 그리고 나 자신에게.

그렇게 삶이 끝날 수도 있다고 생각했을 때. 하려고 했으나 미처 하지 못한 일들이 마음 아팠고. 두 번 다시 보지 못할 가족 생각에 마음이 아렸고. 남겨진 사람들이 겪을 고통을 생각하니 가슴 한구석이 베인 듯했지만. 그런데, 그 순간, 죽음이라는 것이 너무나 간단하다고 느껴지면서. 이렇게 끝이구나 생각되는 순간, 여지껏 붙잡고 있었던 것들이 우스울 정도로 가볍게 느껴졌다. 죽음 너머로 다른 누군가와 함께 갈 수도 없을뿐더러 사후 세계는 그 누구도 알 수 없는 것이어서. 삶과 죽음이라는 경계 역시 일순간 모호해지면서 오히려 이상한 해방감마저 느껴졌다. 그래, 삶이란 것은 이렇게 한순간에 끝날 수 있는 아무것도 아닌 것이구나. 그러니 그저 자기 자신으로 충만하게 살아가면 되는 거구나. 다짐과 후회와 체념이 뒤섞인 채로 북받치며 쏟아지던 그날의 눈물을 가슴에 새겨두었는데, 그 눈물이 또 그렇게 슬프고 아픈 것만은 아니었기에.

인생은 짧은 것. 진정한 자신으로 살아가는 삶은 더욱 짧은 것. 그러니 타인의 옷을 입고 타인의 꿈을 꾸고 타인의 인정을 구하려고 애쓰는 대신 제 존재의 타고난 빛을 누리면서 살아가야 한다는 것을. 이 무한한 우주 속에서 한낱 보잘것없는 먼지와도 같다는 사실을 겸허히 받아들이면서. 이 삶이 언제 끝나더라도 슬프거나 아쉽지 않게. 누구도 보지 않는 혼자만의 방에서도 오롯이 자족하면서. 흰 바람벽을 마주 보면서. 응앙응앙 우는 흰 당나귀의 먼 울음소리를 들으면서. 그리하여 어느 날 우리 빛나는 얼굴로 만날 수 있기를.

꿈은 어디로부터 흘러와서 어디로 흘러가는가.

젊음이 부러울 만큼 충분히 늙지도 않은 날들 위에서.

사물에 익숙한 눈만이 사물의 부재를 본다
― 새벽 일기 2016년 9월 22일 04시 27분

오래도록 서가에 놓여 있던 책을 펼쳐 몇 페이지 읽었다.

캐나다와 그린란드의 이누이트, 스칸디나비아의
사미족, 시베리아 북부의 축치족을 비롯한 다양한
민족의 사람들은 이미 북극에서 수십만 년 동안
살아왔다. 유럽인들(남부인 또는 이누이트가 칼루나트로
부르는 백인들)은 오랫동안 북극이 황무지라고 우겼다.
그들은 이 먼 북방까지 와서 지루한 빈 공간, 불모의
생명 없는 땅을 보았고 종종 그들은 북극을 적대적으로
묘사하기도 했다. 이 탐험가들은 북극에 있지도 않고
있을 수도 없는 악의가 있다고 묘사했다. 북극은 그
환경이 원래 차가울 뿐, 악의에 찬 행동을 하지는
않는다. 그리고 북극은 차가운 완전성으로 충만하다.
튤립이 없다고 트집을 잡지 않는 한, 북극에 부족한
것은 없다. 느릅나무에 익숙한 눈만이 이곳에서
느릅나무의 부재를 볼 뿐이다. 북극곰은 광대한 얼음의
영토를 필요로 하고 그래서 땅은 그만큼 차가워야 할
뿐, 얼음은 결코 인간의 적이 아니다.[4]

느릅나무에 익숙한 눈만이 느릅나무의 부재를 본
다는 문장에 오래 머물렀다. 플라톤의 동굴의 비유와도
겹쳐서 생각했다. To a person chained in a cave, the
shadows on the wall are reality. 하나 허상이라는 것이
그야말로 전적으로 온전히 허상일 것인가. 알고 있다고

믿어온 그 모든 것을 버린다는 것. 그와 같은 무게로 자신의 마음의 눈으로 본 것을 믿고 받아들이고 나아간다는 것.

열린 창문 너머로 불어오는 바람.
바람은 차고 맑고 그리운 얼굴들.

짧고도 긴 여행을 마치고 어제 한국에 도착했다. 내일은 서울에 간다. 내게는 쿠쿠라는 이름의 부엉이와 범범이라는 물범 인형이 하나 있다. 둘이지. 그 둘은 각자다. 그들은 때론 냉담하고 때론 다정하고 때론 무심하다. 나는 때때로 그들의 무심함이 무서워서 말을 걸고 그러면 그들은 표정이 바뀐다. 아주 조금. 무엇이 바뀌었나. 눈과 입과 귀가. 표정을 만들어내는 무언가가. 아주 조금. 바뀌었나. 그것들이. 서로의 자리를 바꾸었나. 아니다. 그것은 다만 마음의 문제다. 아니다. 자리를 조금 바꾸었다. 실제로. 무언가 바꾸었다. 바꾸었다고 믿는 것. 그저 믿는 척하는 것이 아니라, 절반 정도만 믿는 것이 아니라, 확고하게 믿는 것. 바로 이 지점이 다른 이들에게 이해받을 수 없는 각자 저마다의 병적인 증후 혹은 징후라고 할 만한 자리이다.

오래전 낭독회에서 사회를 맡은 한 평론가는 첫 시집의 명랑하고도 발랄한 정서에 대해 말하면서 그 천진

96

난만한 목소리에 대해 좀 더 덧붙여 말해달라고 요청했다. 특별히 덧붙일 말이 생각나지 않았던 나는 말했다. 첫 시집의 목소리는 병자의 목소리라고 할 수 있거든요. 죽지 않기 위해서, 말을 하고 있는 거거든요, 죽지 않기 위해서. 마지막에 한 번 더 덧붙인, 죽지 않기 위해서, 라는 말은 하지 않는 편이 좋았겠다고 뒤늦게 생각했다. 나 자신인 동시에 내가 아닌 무엇으로 말한다는 것. 내가 아닌 동시에 나의 모든 것인 무엇으로 말한다는 것. 아니, 그 사이에서, 그 바깥에서, 그 너머에서, 무언가를 써 내려간다는 것.

어느 날부터 아주 유사한 정서와 기질, 성향을 가지고 있다고 여겨지는, 좀 과장하자면 한 사람이 몇 개의 아이디를 가지고 있는 것이 아닐까 싶을 정도로 닮은 구석이 많은 이들이 하나둘씩 블로그에 들어오기 시작했는데. 물론 엄밀히 말하자면 각자 저마다 구별되는 목소리를 가지고 있지만. 비슷하다 여겨지는 점들을 말해보자면, 내 시집 중에서 첫 번째 시집을 전적으로 좋아하고, 시 혹은 소설 습작을 하고 있고, 과식 폭식의 습관을 가지고 있고, 자신도 알 수 없는 폭력적인 행동 혹은 너울처럼 널뛰는 감정에 당혹스러워하고, 이상행동을 하는 것에 대한 죄의식, 죄책감과 더불어 자신을 임상 환자처럼 객관적으로 들여다보려고 하고, 정신건강의학과 혹은 심리상담센터에서 주기적으로 진

료와 상담을 받고 있고, 자학과 자책과 자해를 일삼으며, 결정 장애가 있으며, 완벽주의자들이며, 완벽주의자들답게 스스로에게 엄격하고, 스스로에게 엄격한 자들답게 남들에게도 엄격하고, 자신의 성 정체성을 자연스러운 방식으로 드러내며, 글쓰기에 미쳐 있고, 당연히 책 읽기에도 미쳐 있으며, 예민하고 영민하며, 깊은 사유로 벼려낸 문장들과 예술 작품에 깊이 이끌리는 기질을 타고났으며, 극단적인 아름다움에 다가가려고 하고, 그 자신 역시 고유의 아름다움을 가지고 있고. 그러나 자신과 자신 사이에는 늘 좁힐 수 없는 거리를 가지고 있는, 그런 사실을 스스로도 인정하고 받아들이려고 하는, 스무 살 초중반에서 서른 살 초중반 정도까지의. 슬프고 아름다운. 아름답고 슬픈. 나는 그들이 쓴 글을 읽을 때마다 그들의 얼굴과 목소리를 떠올려보곤 한다. 우리는 한 번도 만난 적이 없지만, 아니, 어떤 자리에서 이미 만나기도 했겠지요. 서로가 서로를 본 적이 없어도, 출간한 시집을 통해 얼굴 없는 대화를 충만히 나누고 있다는 생각이 든다. 이 사실이 기쁘고도 슬픈데. 이들의 목소리를 읽은 이후로 내내 그들에게 무언가 직접적으로 말해보고 싶었지만, 그러지 않았던 것은 그들이 각자의 글쓰기-읽기를 통해 간신히 간신히 그러나 강하게 강하게 버텨나가고 있다는 것이 느껴지기 때문으로. 그래. 사람들은 모두 다 조금씩은 미쳐 있고, 이상한 구석이 있고, 버리고 싶지만 버리지 못하는 나쁜 습관이 있고, 그런 나쁜 습관과 반복되는 자기 교정의 실패 사이에서 제 삶이 지탱되고 있다는 사실을 알고 있고, 그렇게 모두들 어딘가 웃기고도 슬픈 구석이 있다는 것을, 그렇게 너와 나 우리는 정상과 비정상이라는 단순하고도 폭력적인 범주 속에 가둬질 수 없는 개별적인 존재라는 것을.

아침이면 서울에 간다. 올해 사월 서울에서 있었던 낭독회 이후로 오랜만의 서울행이다. 상을 받는 자리는 언제나 좀 어색하고 부끄러운 마음이지만 그래도 하나의 응원으로서 감사함을 느끼면서. 또 오랜만에 친구들을 만난다고 생각하면 절로 낯빛이 밝아지는 느낌이다. 수상 소감은 또 무어라 말해야 할지. 정작 해야 될 말은, 하고 싶은 말들은, 늘 입 속에 머금게 되는데. 머금은 말은 내뱉지 않는 것이 좋다.

미국 매사추세츠주의 남동부, 케이프 코드에서 머물렀던 보름 정도의 여행은 좋았고. 언제고 다시 가고 싶은 곳이 또 하나 생겼다는 사실이 쓸쓸하게 좋았다. 그런데 매번 갔던 곳들은 왜 매번 다시 가고 싶은 곳이 되는 것인지. 한국으로 돌아오는 비행기 안에서는 짧게 눈물이 났는데. 그건 또 무슨 마음이었는지. 알고는 있지만 말하고 싶지는 않습니다. 세상의 끝, 프로빈스타운으로의 여행을 꿈꾸는 친구들에게 그곳의 풍광을 사진으로 찍어 보여주기로 했는데 서울에 갔다 온 이후에야 블로그 포스팅을 할 수 있을 것 같다. 지금도 마감을 하고 있다가 이렇게 생각지도 않았던 무언가를 쓰고 있고. 늘 마감에 늦지 않으려고 필사적으로 노력하지만. 그에 맞먹는 무의식적인 마음의 작용으로 늘 마감에 필사적으로 늦고 있다.

가을이 깊어간다. 집으로 돌아와서 쓸쓸했던 것은 귀뚜라미가 더 이상 울지 않는다는 것. 귀뚜라미가 더 이상 울지 않는 이유는 아파트 관로 공사를 하면서 동마다 울창하게 서 있던 나무들을 모두 베어냈기 때문으로. 싹둑싹둑. 나무가 베어진 자리를 보고 있자니 보이지 않는 것을 바라보는 일이 그렇듯 이상한 기시감과 미시감 속에서 이미 겪어온 슬픔을 먼 미래로부터 앞당겨 느끼고 있는 기분마저 든다. 들리지 않는 귀뚜라미 소리를 듣고 있던 어제저녁에는 옆에서 쿠쿠와 범범이가 위로를 해주었고. 다음 달엔 오래전부터 이야기가 오간 낭독회가 네 차례나 있고. 그런데 몸은 천근만근이고. 써야 할 원고들은 또…….

그저 누워만 있고 싶을 뿐입니다. 쓰고 지우고 쓰고 지우고. 짧은 몇 줄을 쓰더라도 자주 많이 고치는 편이지만 이 글은 그냥 둔다. 저녁에는 지우겠지.

회복기의 노래

검은 흙을 뚫고 무언가가 제 모습을 드러내려는 것을 본다. 몇 년 전에 심어둔 채로 잊고 있었던 백합 구근이 다시 싹을 틔우고 있다. 묻어두려 했던. 잊어버리려 했던. 너는 너 자신에게도 드러내지 않은 너의 얼굴을 본다. 어둡고 무겁고 돌이킬 수 없는 자리가 있다. 세상을 떠난 사람을 오래오래 생각했고 몇 개의 작은 돌을 주워 아직 돋아나지 않은 새싹들 위에 둥그렇게 놓아둔다. 봄이면 오는 것들. 지난봄의 것은 아닌 것들. 아직 오지 않은 채로 이미 와 있는 것들. 눈을 들어 바라보면 흐릿한 꿈처럼 높고 창백한 건물이 다가오고. 두 개의 창문에는 각각 한 글자씩. 슬, 픔, 이라고 적혀 있다. 두 눈 속에 어려 있는 것. 흘러내리지 않고 고여 있는 것. 고여 있는 채로 머금고 있는 것. 눈물과 미소는 똑같은 술어를 나누어 가지는 것으로 서로의 몸을 바꾼다. 자리를 바꾼 마음이 한 걸음 나아간다.

　　너는 세계의 끝에 가닿으려고 했으나 그곳에 도착하기도 전에 걸음을 멈춘다. 가지 않아도 이미 세계의 끝이었으므로. 그저 쉬지 않고 걷고 걷는 고행과도 같은 시간이 필요했으므로. 너는 도착하는 것을 지연시키는 방식으로 걷고 걷는다. 걷는 걸음의 숫자만큼 너 자신을 짓누르는 감정들을 버리기로 한다. 후회와 한탄과 자책과 원망과 고통과 절망과 그리움과 무력함이 뒤범벅된 채로. 아직 버려야 할 것들이 많다고 생각하는 한 너는 그곳에 결코 가닿지 못할 것이다. 멈추지 않는 한 지속될 어떤 감정들. 어느 결에 흐릿해질 지나간 사건들, 지나친 감정들. 걷고 걷는 사이 너는 체념이라는 감정을 배워나간다. 망각의 힘에 기꺼이 의지하기로 하면서. 흘려버리면서, 흘려버리면서. 잊으려 해도 잊을 수 없는, 잊지 않으려 해도 잊을 수밖에 없는. 너 자신의 얼굴과 만나면서. 너는 죽을 수도 살 수도 없어서 걷고 걷는다.

숲은 다시 어두워진다. 너는 이곳에 한 번도 와본 적이 없는데도 이미 몇 번이나 머물렀던 적이 있다고 느낀다. 언젠가 네가 썼던 문장을 받아쓰듯이 너는 쓰지도 않은 문장을 미리 불러와 읽어 내려간다. 과거의 목소리 혹은 미래의 목소리를 덧입은 채로 지금 이곳에서 겹쳐 울리고 있는 것은 누구의 목소리인가. 한 번도 쓰인 적 없는 채로 이미 몇 번이고 반복해서 쓰고 썼던 그 문장은 누구의 문장인가. 글쓰기는 언제나 사후적인 몸짓으로서. 앞선 문장으로 인해 의미를 획득해가는 무엇으로서. 돌이킬 수 없는 하나의 사건을, 돌이킬 수 없다라는 뼈아픈 감정 그 자체를 깊이 체화한 사람의 내면과도 닮은 채로. 너는 글쓰기를 닮은 몸짓으로 걷고 걷는다. 어두워진 수풀 위로 구름이 걷히고 천천히 하늘이 열린다. 그때. 신의 계시라도 된다는 듯이 몇 줄기 햇빛이 너의 얼굴 위로 곧장 내려앉는다.

어느 날 너는 감당할 수 없는 슬픔과 함께 정처 없이 길을 걷다가 어느 복잡한 사거리의 횡단보도 앞에 멈추어 선다. 푸른 신호등을 기다리면서. 더는 네 의지대로 걸어나갈 수 없는 채로. 그때. 너무 많은 소음과 너무 많은 사람과 너무 많은 살아 있음 속에서. 너는 홀로 소외되어 죽어 있는 너 자신을 목격하였고. 순간 더할 수 없는 슬픔이 더할 수 없는 슬픔을 집어삼켰으므로. 너는 슬픔을 벗어난 무엇이 되어 거리 한가운데 버려졌고. 누구에게도 이해받지 못한다는 비밀스러운 마음으로 인해 돌연 너는 이 세계의 통속으로부터 벗어난다. 진공 상태 속에서 초탈의 세계로 진입하듯이. 그렇게 너는 익숙하고도 낯선 횡단보도 앞에서. 어둠처럼 환한 빛을 얻어맞고 서서. 오만도 자만도 없이. 겸손도 겸허도 없이. 지극한 고통의 순간에도 작은 구원의 순간이 있음을 느끼면서 멈추어 선다.

다시 그 숲에서 마른 나뭇가지를 밟으며 나아갔을 때 너는 언젠가 네가 썼던 문장을 뒤늦게 기억해낸다. 미처 인지하지 못했다고 느꼈던 누군가의 죽음을, 그러나 실은 마음 깊이 예감하고 있었던 네 어머니의 죽음을, 이미 그때에도 뚜렷이 느끼며 써 내려갔다는 사실을 너는 뒤늦게 깨닫는다. 늦추고 늦춘 걸음의 끝에서 너를 기다리고 있는 것은 어떤 새로운 깨달음이 아니라 이미 지나쳐왔던 희미한 예감들이라는 사실을. 지난날의 어둠이 다시 되풀이해서 다가왔다 물러나리라는 사실을 문장 그대로 받아들이기로 하면서. 그러니까 너는 이제 어디든 머물러도 좋고 어디로든 떠나가도 좋다. 나아가도 좋고 되돌아가도 좋다. 어느 쪽으로든 열려 있는 길을 굳게 껴안으면서 걸어왔고 걸어왔으므로. 네가 껴안은 것은 이전과 이후를 품은 오늘의 너 자신이었으므로. 어제의 너는 죽고 싶었는데 오늘의 너는 내일을 계획하며 한 줄 더 써 내려간다. 작고 희미한 가능성이 되어. 이 봄의 새싹은 녹색이 아니라 검정이라고 쓰면서.

내 방 여행
— 천장과 바닥 사이에서 일주일

엄마가 돌아가시고 꼭 일 년이 지난 뒤에야 엄마의 방을 정리하기 시작했다.

사람의 기운은 얼마나 넓고 크게 어리는 것이기에 이제는 부재하는 사물의 빛이 이토록 넓고 크게 드리워져 있는가. 지워지기는커녕 점점 더 분명한 윤곽을 드리우며 스미듯 번져가고 있는가.

엄마의 텅 빈 방.
그리고 텅 빈 나의 사각의.

방은 고요하고 가장자리는 돌이킬 수 없는 사각이다. 내 방에서 내 방으로 떠나온 이름 붙일 수 없는 여행. 여행은 일주일 혹은 열흘 정도 지속될 것이다. 모르겠다. 어쩌면 몇 시간 뒤에 돌연 끝나버릴지도 모를 일이다. 기억에 남을 만한 대개의 여행이 그러했듯 이번 여행도 아무런 목적 없이 이어지기를 바라지만 목적은 이미 발생하고 있다. 여행의 끝을 알리는 지표를 하나하나 발견하게 되는 것. 외면하고 있는 무언가가 깊은 무의식으로부터 제 얼굴을 드러내는 것을 바라보는 것. 나는 무언가를 기다리는 동시에 유예시키면서 이 날들을 건너가고 있다. 천장과 바닥 사이에서. 이전의 방에서 이후의 방으로. 그저 존재하는 것. 다만 존재하는 것. 나의 방의 그 모든 사물들처럼. 아니 그 모든 사물과는 다른 방식으로.

일요일. 오전 여덟 시 이십 분. 아침의 빛이 어두운 방 안으로 스며들고 있다. 침대 위로 빛의 그물이 어른거린다. 창문 사이로 드리워진 커튼이 만들어내는 빛의 무늬. 침대에 누운 채로 빛의 무늬가 내 얼굴 위에서 흔들리는 것을 바라본다. 창을 통해 들어온 빛이 어떠한 형상을 그려내며 내 얼굴을 물들이고 있는지 어른거리는 그 빛을 되비추는 사물 혹은 사건의 기척 없이도 나는 내 몸의 표면 위로 흘러가는 빛의 물결을 명확하게 느낀다. 몸과 마음으로. 아니. 영혼으로 느낀다. 임사체험에서 돌아온 사람처럼. 지금 막 죽어버린 자신의 몸을 내려다보듯이. 창문 너머로 새들의 울음소리가 새어 들어온다. 어딘가에서 어딘가로 새어 들어오는 것. 소리는 무언가가 무언가를 지나간 흔적이다. 아니다. 소리는…… 그런 것이 아니다. 한 줄의 빛이 그려내는 무늬가 내 얼굴 위에서 그늘이 되어 흔들리는 것을 느껴 아는 방식 그대로 나는 보이지 않는 새들을 바라본다. 이 아침에 지저귀는 새는 몇 시간 전 어둑어둑한 박명의 순간에 이제 막 태어난 것처럼 제 존재를 알리며 울어대던 그 새가 아니다. 보이지 않는 새. 순간순간 저마다 다른 날갯짓으로 저마다의 현존을 살아가는 새. 새벽녘 들려왔던 새소리 위로 아침의 새소리가 겹쳐 흐른다. 붙잡을 수 없다는 것을 알면서도 가둘 수 없는 소리를 향해 나아가듯 창문을 조금 더 열어둔다. 순간. 외부로부터 날아드는 그 모든 삶의 소리 소리들. 허물어지기 쉬운 일상을 공들여 영위해가고 있는 그 모든 안간힘 안간힘들. 그리고 어디선가 들려오는 사라진 새의 울음소리. 돌이킬 수 없는 과거를 불러들이듯 보이지 않는 길 너머에서 이제는 없는 새의 울음소리가 오늘의 삶의 소리들과 겹쳐 들려온다. 불을 켜지 않은 방. 어둠은 어둠으로 환해지고 있다. 빛은 사물들 고유의 윤곽을 지우며 순간순간 새로운 표정을 드리우고 있다. 죽은 몸을 누이는 사각의 관처럼 침대는 직각의 모서리를 들이밀고 있다. 사각의 관 속에 누워 사각의 천장을 올려다본다. 순간. 잊고 있었던. 잊어버리려 했던. 어떤 슬픔이. 어떤 고통이. 어떤 묵직한 몸의 울음으로 되살아나 아프게 다가왔다 물러난다. 떠나간 것들. 사라진 것들. 이제 더는 이 바닥에 흔적을 남기지 않는 것들. 침대에 누운 채로 손가락을 들어, 가닿지 않는, 가닿을 수 없는, 천장을 향해 어떤 문장들을 적어 내려간다. 문장이 나아갔다 지워지는 방식 그대로 보이지 않는 하늘 저 너머의 삶이 열린다. 이 지상의 삶과 함께 걸어간다. 이제는 없는 몸과 함께 이 아침의 빛이 흘러간다.

화요일. 오전 일곱 시 십사 분. 거울은 은빛이고. 아니. 거울은 무정형의 무대이고. 나는 빛 없는 빛을 통해 자신을 들여다보듯 꿈 없는 꿈에서 깨어난다. 반복되는 꿈의 장면들이 삶 속으로 미끄러져 들어와 오늘 다시 지난밤의 꿈을 재현하는 날들. 거울은 바닥에 놓인 방향 그대로 그러나 반사되는 태양의 각도에 따라 방의 면모를 매 순간 새롭게 밝혀내고 있다. 바닥으로 스며드는 새로운 아침의 빛. 어제와 조금은 달라진 사물들의 움직임. 움직이지 않은 채로 한 걸음 뒤 혹은 한 걸음 앞으로 옮겨진 감정들. 거울은 그리하여 온통 이전의 방과 이후의 방으로 가득하다. 방에는 모든 것이 있고 방에는 아무것도 없다. 나라는 한 사람을 드러내는 사물들. 책상과 의자. 침대와 책장. 거울 하나. 화분 하나. 향과 문진들. 몇 개의 장식품들이 들어 있거나 놓여 있는. 무수한 서랍들. 무수한 상자들. 무수한 기억들. 무수한 흔적들. 언제나 나는 몸을 누일 만한 작고 완벽한 장소를 은밀히 소망해왔는데. 그것은 구체적인 장소이기 이전에 심리적인 상징으로서. 결코 가닿을 수 없는 미지의 장소로서. 시간의 틈새에서 소소한 기쁨을 누려보려고 끊임없이 그려보는 마음속 은신처와도 같은 곳으로. 그런 의미에서 이 방은 빛 없는 날들의 구원이 되어주고 있다. 침묵이 침묵으로 번지고 있기 때문이다. 빛 없는 것들이 빛 없는 것들을 비추고 있기 때문이다. 그러나 방은 어느새 조금씩 조금씩 사물들로 채워지고 있었고. 이제 다시 내 마음의 저 깊은 바닥을 들여다보기 위해서는 이 모든 사물들을 하나하나 비워나가야만 한다고. 거울에 모습을 비춰보듯 사물에 마음을 비워가야만 한다고. 나는 분류하고 분류한다. 나는 기억하고 기억한다. 나는 기록하고 기록한다. 방의 비어 있음 혹은 방의 가득함. 나 자신의 비어 있음 혹은 나 자신으로 가득 참.

　수요일 오후 네 시 사십사 분. 계절의 빛이 스러지고 있다. 적요함 속에서야 비로소 떠오르는 어떤 말들. 아녜스 바르다의 다큐멘터리에서 본 한 장면을 떠올린다. 아녜스 바르다가 자신의 고양이 구구를 기리기 위해 자신의 이름으로 설립된 문화 재단의 정원 한편에 설치한 작은 오두막. 이제는 없는 고양이 구구에 관한 상설 극장이자 기념관인 그곳은 언제 어느 때든 열려 있어 누구든 관람이 가능한 곳으로. 열 살 남짓 되는 소년 소녀들이 그 오두막 바닥의 한가운데 낮게 쌓아 올린 고양이 구구의 모래 무덤을 가운데 두고 둘러서서 살아 있던 나날의 고양이 구구의 모습이 무한 재생되는 영상을 시청하고 있다. 영상에서 펼쳐지는 붉고 푸른 꽃송이들과 함께 이상한 슬픔이 피어났다 사라지기를 반복하고. 소년과 소녀들은 각자의 자리에 앉거나 서서 오래오래 말없이 영상을 바라보다 오두막을 떠난다. 소년 소녀들이 모두 오두막을 나서는가 했는데 무리 중 제일 마지막으로 나오던 소녀가 문득 걸음을 멈추더니 방향을 바꾸어 다시 오두막으로 들어간다. 텅 빈 오두막의 고요 속으로. 비로소 온전히 혼자가 된 소녀는 텅 비어 있는 오두막의 작은 의자에 앉아 좀 전에 바라보았던 바로 그 영상을 다시금 바라본다. "이런 그림은 혼자 있을 때 비로소 느낄 수 있는 것이에요. 이 영상을 혼자만 보고 싶어서 다시 찾아왔어요." 나는 그 장면 속 소녀를 바로 나 자신이라고 느낀다. 무언가를 온전히 느끼기 위해, 사람의 무리를 떠나 마음을 움직였던 그 장소로 혼자 되돌아가는 것. 어릴 적부터 줄곧 그렇게 혼자만의 장소를 찾아 헤맸다는 것을. 공유할 수 없는 풍경들 앞에서, 공유할 수 없는 감정들 앞에서, 오롯이 혼자여야만 한다고 느꼈던 그 모든 날들을 새삼 떠올린다. 이제 나는 혼자만의 방에서 혼자만의 문장을 쓰는 사람이 되었고. 이제 나는 사람 없이도, 사랑 없이도 살아가게 되었다고…… 스러져가는 오후의 빛 속에서 공책을 펼쳐 몇 줄 적는다. 이제 나는 사람 아닌 사람이 되어버린 걸까. 이미 죽어버린 작가들만을 은밀히 사랑하는 것으로 인간과의 관계에서 누리는 최대치의 사치를 누리고 있다고 느끼면서…… 그때…… 이미 죽어버린 어느 날의 고양이 한 마리가 지나가고. 아니. 그것은 언젠가 영상 속에서 보았던 살아 있던 고양이의 흔적이고…… 이 방에는 이제 더는 작은 동물의 흔적이 없으며. 아니. 육 년 전에 완전히 늙어 죽은 나의 사랑하는 개의 흔적이 방 곳곳에 스며들어 있으며…… 그와 같은 사랑의 기억으로…… 그와 같은 다정의 기억을 넘어…… 나의 죽은 엄마가 이 방 곳곳에 부드럽게 스며들어 머물고 있는 것인데…….

목요일. 저녁 아홉 시 이십삼 분. 책상 위의 촛불을 밝힌다. 작업의 나날은 끝이 없고. 어제의 얼굴과는 다른 얼굴을, 어제와는 다른 목소리를, 오늘의 백지 위로 다시 불러들인다. 온전히 나 자신일 수 있는 장소. 책상 위에서 나는 소진되고 탈진된 채로 삶 위로 겹쳐지는 무수한 사람들의 삶을 살아가면서 또 다른 나의 부분을 발견한다. 그러나. 이 삶은 언제까지 같은 방식으로 지속될 것인가, 어디까지 나아갈 수 있을 것인가. 지속되는 글쓰기 속에서. 지속되는 글쓰기와 함께 살아갈 날들이 문득 너무 아득하고 무겁게 느껴져서 삶의 끝을 앞당기고 싶다는 생각이 만성적인 통증처럼 찾아들고…… 나는 이내 머리를 가로젓는다. 책상 위에는 노동의 흔적이 자욱하고. 사랑하는 얼굴이 인화된 사진이 몇 장 놓여 있고. 닳아가는 연필과 지우개. 오늘 다시 쌓인 먼지들. 그리고 미지의 목소리를 향한 끝없는 항해. 그렇게 책과 책과 책들…… 시간 속에서 덧입혀지며 흘러가는 표정들, 얼룩들. 사각의 방 속 사각의 책상 위에서. 비우고 채우기를 반복하는 서랍과 상자와 기억들 속에서…… 글쓰기로부터 끝없이 도망가려는 두려움과 글쓰기 속에서만 무한히 살아갈 수 있는 모종의 희열 속에서. 나의 책상은 모르는 사이 무성히 자라나는 넝쿨식물의 빛과 어둠으로 물들어가고 있었고.

금요일. 새벽 네 시 삼십삼 분. 방 한구석에 놓여 있는 몇 개의 상자들. 봉인된 기억을 일생의 보물처럼 간직하며 살아가는 사람들의 표정과도 같은. 상자는 끝없이 쌓이고 상자는 끝없이 버려진다. 어쩌면 나의 방은 나의 상자들을 간직하기 위해서 존재하는 것인지도 모른다고 생각하면서. 써 내려간 종이들과 써 내려갈 종이들로 가득한 상자들. 더는 들여다보지 않는 오래전 나의 일기장과 도무지 헤아려볼 엄두가 나지 않는 엄마의 공책들로 가득한. 삶의 은유인 듯 비워도 비워도 끝없이 생겨나는 상자들과 함께. 누군가의 내면을 닮은, 시간과 함께 드러나기를 바라는 감정들과 유사한 어떤 음악이 방안을 가득 메우고 있어. 음악은 끊이지 않고 새벽의 어둠을 넓혀나가고 있다. 무수한 세월. 방과 방을 옮겨 다니며 비우고 채우기를 반복했던 그 모든 상자와 서랍들을 떠올린다. 그리고 마침내 텅 비어 있는. 텅 비어 있는 채로 가득하고 아득한. 어떤 방을 떠올린다. 상자를 치우듯 서랍을 비우듯 사람의 흔적이 사라지고 난 이후의 작고 네모난 방. 살았던 흔적이 배어 있는 벽지의 얼룩들. 쌓여 있는 바닥의 먼지들. 없는 사람의 목소리를 불러들이기라도 하겠다는 듯 비어 있는 방은 한 마디 한 마디 들려오는 목소리의 울림을 더욱더 크게 증폭시키고 있다. 그러니까 무언가가 여기 있었어요. 아니. 내가 바로 여기에 있었어요. 나의 방에서. 이제는 없는 나의 방에서. 이제는 없는 것들의 흔적을 뒤쫓아가는 것으로, 지나간 흔적을, 사라진 목소리를, 뒤늦게 발견하고 수집하는 것으로 하나의 생이 나아가고 있다. 없어지고 사라질 기억을. 없어지고 사라질 상자와 서랍 속에. 다시 차곡차곡 쌓아두면서. 차곡차곡 쌓이는 것을 다시 하나하나 비우면서. 바로 지금 이 순간에도 왼쪽에서 오른쪽으로 차례차례로 나아가고 있는 이 문장들처럼. 살아가는 호흡 그대로 온전히 주의를 기울여야만 알 수 있는 비움과 채움의 흔적들 속에서. 때때로 바뀌는 공기의 흐름과 때때로 울려오는, 없는 형상들의, 없는 목소리들과 함께. 나는 일주일 이전의 방에서 일주일 이후의 방으로 다시 옮겨가고 있다. 중단 없는 추억 속에서. 삶이라고 부르는 가장 작은 공간을 들여다보고 들여다보면서. 죽어가는 나의 현존을 되돌리고 다시 되돌려보면서. 지속되는 내면의 여행 속에서. 울림은 계속된다. 작은 사각의 공간 속에서 하나인 채로 여럿으로 울리고 있는. 영원이 영원히 나아가는 것을 본다.

마전
— 되풀이하여 펼쳐지는

In the midst of winter, I found there was,

within me, an invincible summer.

—Albert Camus

쓰이길 바라며 숨어 있는 장소가 있다. 시간과 공간을 덧입은 구체적인 장소이기 이전에 하나의 이미지로서. 하나의 이름으로서. 다시 또 되풀이하여 펼쳐지는 얼굴과 몸짓과 목소리로서. 시간과 공간을 초월해 거기에 있는 것. 초월해 있으므로 어디에든 있고 어디에도 없는 곳. 무의식의 차원에서 발 없는 유령처럼 따라다니고 따라다니는 것.

그렇게 마전麻田이라는 장소가 있다. 내 유년의 기원. 내 유년의 들판. 어릴 적 쌍둥이 언니와 내가 다니던 탁아소가 있던 곳. 마전이라는 지명에는 언제나 빛나는 야성이 깃들어 있다고 느끼곤 했는데. 그러면 곧바로 밝고도 어두운 빛이 되살아나면서 가슴 한편이 아려 오곤 했다. 가슴을 두드리는 그 빛이 무엇인지. 그 빛을 이루는 감정의 정체가 무엇인지 스스로에게 밝혀보려고 하면 할수록 다가왔던 빛은 문득 빠르게 사그라들었고. 마전은 원래 그런 곳이었다는 듯 끝없는 암흑 속으로 곧장 떨어졌다. 멀어졌다. 알 수 없는 곳으로. 알지 못했던 곳으로.

그리고. 하나의 단어처럼 공작 한 마리가 있다. 공작은 마전의 탁아소 뒷마당의 어두운 울타리 속에서 우아하게 거닐고 있다. 영원이라는 것이 있다는 듯이. 공작은 언제까지나 언제까지나 어두운 바닥의 이 끝에서 저 끝까지 천천히 천천히 거닐고 있다.

마전은 집과는 좀 떨어져 있는 동네였다. 그곳의 탁아소에 다니게 된 것은 집 근처에 유치원이 없었기 때문이었는데. 탁아소는 여섯 살의 걸음으로 삼사십 분 정도는 걸어야 도착할 수 있는 먼 곳이었다. 아침을 먹고 쌍둥이 언니와 함께 집을 나선다. 걸어가는 왼편으로는 바다가 있다. 바다 바로 곁에서. 바다를 바라보면서. 우리는 걷고 걷는다. 그렇게 삼사십 분 정도 걸어가면 탁아소에 도착했고. 노래와 율동을 배우고 그림을 그리고 동화책을 읽고 덧셈과 뺄셈을 공부하고. 점심을 먹고 난 뒤에는 낮잠을 잤다. 낮잠 시간이 되면 잠이 오지 않아도 각자의 베개를 베고 각자의 자리에 누워 잠을 자야만 했는데. 대개 잠이 오지 않았던 언니와 나는 마주 보고 누워 잠든 척을 했고. 그러다 보면 어느 결에 잠에 빠져들기도 했고. 길고도 긴 낮잠 시간이 지나면 어느덧 집으로 돌아갈 시간이었고. 언니와 나는 탁아소를 나와 다시 걷고 걷는다. 걸어가는 오른편으로 바다가 있다. 바로 곁의 바다를 바라보면서. 반짝이는 물결을 바라보고 바라보면서. 그 바다를 따라. 그 바다를 지나. 그렇게 걷고 걸어 우리는 다시 집으로 돌아왔다.

탁아소에 다니는 내내 언니와 나는 탁아소 생활에 쉽게 적응을 하지 못했는데. 마전에서 나고 자라 한 식구나 다름없던 탁아소의 아이들 속에서. 언니와 나는 이전에는 경험해보지 못한 낯선 세계 속에 던져진 것처럼 어리둥절해했는데. 그도 그럴 것이 쌍둥이 특유의 정신적 감응으로 인해 어떤 구체적인 말을 주고받지 않아도 서로의 생각을 훤히 읽을 수 있었던 우리들에게 그곳 아이들과의 교류는 새롭게 익혀야만 하는 말과 말의 교류에 다름 아니었고. 어쩌면 언니와 나 둘만의 그 말 없는 비밀스러운 결속이 의도치 않게 마전의 아이들에게 상처를 주었는지도 모를 일이었고. 그러다 보니 아이들로부터 떨어져 나와 탁아소의 마당 여기저기에서 보내는 시간들이 많았고. 그렇게. 그러다. 우리는. 공작을. 그 공작을. 우리의 공작을. 만나게 된다.

공작은 여태껏 한 번도 본 적 없는 비현실적인 모습으로 거기에 서 있었다. 매혹을 불러일으키는 모든 것들이 그러하듯. 그것은 소름 끼치게 아름다운 동시에 무섭고도 기이한 자태를 뽐내며 거기에 서 있었다. 우리가 마전의 아이들 속에서 어떤 외계의 감각을 느꼈듯이. 공작은 그 어두운 탁아소 뒷마당에서. 그 자신의 외계를 스스로에게 되비추며 독자적인 비애감 혹은 고고한 존재감 같은 것을 내뿜고 있었다. 보고서도 믿기지 않는 아름다움 앞에서 언니와 나는 그 울타리 앞을 떠날 줄을 몰랐고. 그로부터 공작은 피난처가 필요했던 우리들에게 작은 안식처가 되어주었고. 그리고. 그렇게. 공작을 바라보고 또 바라보던 날들 속에서. 우리는 문득. 어쩌면 이미 느끼고 있었던 어떤 시선들을 만나게 된다. 우리의 맞은편에서 공작을 바라보고 있던. 이미 그들만의 공작을 간직한 채로. 우리보다 훨씬 더 먼저 그 공작을 보고 보고 또 보고 있었던. 하염없이 공작을 바라보는 우리를 바라보고 있었던. 탁아소 밖의 마전의 아이들을 만나게 된다. 탁아소를 다니지 않던 그 아이들은 동네 친구들이 탁아소 안으로 들어가고 나면 탁아소 앞마당에 그대로 남겨진 채로 친구들이 나오기만을 기다리거나 탁아소 담장을 두르고 있던 철조망 밖으로 나가 마당 안쪽으로 나뭇가지를 꺾어 던지곤 했다. 아이들의 얼굴은 날것처럼 빛나는 동시에 어딘가 좀 그늘진 데가 있었는데 그 아이들이 항상 어두운 나무 그늘 아래 앉아 있었기 때문만은 아니었다. 이후로 오랫동안. 이후로 줄곧. 언니와 내가 그 탁아소를 떠나기 전까지. 그 탁아소 밖 마전의 아이들과 우리는. 서로의 공작을 가운데에 두고서. 그렇게 멀리에서 마주 보고 서서. 마치 하나의 거울처럼 서로를 되비추고 서서. 말 없는 친구가 되어갔다. 어떤 쓸쓸함 때문에. 어떤 말할 수 없는 쓸쓸함으로.

　　유년기가 언제 어떻게 끝나는지 정확히 헤아리기 힘든 것처럼. 언제 마지막으로 마전에 갔었는지 기억나지 않는다. 마전의 아이들과 나누었던 말들도 일들도 기억나지 않는다. 기억난다고 한들 각자의 사실이 모두의 진실은 아니듯이. 한 마리의 공작을 가운데 두고 마주보고 있었던 탁아소 밖 그 아이들의 모습 역시도 실은 하나의 환영이 아니었을까 생각하면서.

마전은 하나의 이미지로. 하나의 어감으로. 되풀이하여 펼쳐지며 무언가를 비추고 있다. 말할 수 없는 무엇을. 말해야만 하는 무엇을. 그러면 문득. 다시 희붐한 빛처럼. 아니 희붐한 어둠처럼. 어느 날의 탁아소의 실내가 떠오르고. 모두가 낮잠에서 깨어났는데도 유독 언니만 깨어나지 않았던 어두운 오후가 떠오르고. 낮잠 시간이 끝나고 집에 돌아갈 시간이 지났는데도. 흔들고 흔들었는데도 잠에서 깨어나지 않던 언니의 굳게 감긴 두 눈이 생각나고. 죽음과도 같은 시간이 흐른 뒤에야 잠에서 깨어났던 언니의 얼굴이 떠오르고. 아무 일도 없었다는 듯 해맑은 얼굴로 언니가 나를 바라보았을 때. 그러니까 그때. 그 짧고도 긴 영원과도 같은 순간의. 어둡고도 무거운 공백은. 두렵고도 서늘했던 정적은 무엇이었을까. 잊고 있었던 한순간의 깊은 그늘이. 두고두고 마음속 깊은 곳에서 조금씩 조금씩 어둠의 자리를 키우고 있었음을 어느 날 문득 발견하게 될 때. 그렇게 내가 이해하지 못했던 그 모든 깊은 잠을. 깨어나지 못했던 그 모든 슬픔을. 단속적으로 찾아오는 이전과 이후의 순간들 속에서 다시금 발견하게 될 때. 그러면 다시. 기다렸다는 듯이. 적당한 말을 찾지 못했던 이전의 감정들 속으로 미처 불러들이지 못했던 이후의 문장들이 겹쳐 흘러들면서. 그 모든 얼굴과 몸짓과 표정과 풍경들이. 끝내 그것들의 본질에 가닿지 못하리라는. 아득하고도 막막한 감정과 함께 어떤 목소리가 되어 다시 찾아들기 시작했고.

그리하여 다시. 그 오래전 탁아소 마당의 그늘이 떠오르고. 그 그늘 속에 앉아 있던 아이들의 표정이 하나하나 떠오르고. 그렇게. 그 시절. 가난한 줄도 모르는 채로 가난했던 것들의 모양과 색깔이 떠오르고. 그 앞마당을 물들이던 거대한 격자무늬의 그림자가 떠오르고. 정오의 햇빛을 따라 물결치던 그 거대한 격자무늬의 그림자가. 사실은 대문 앞에 세워져 있던 철제 구조물의 그림자가 아니라. 탁아소 밖 마전의 아이들이 끝없이 끝없이 탁아소 안마당으로 꺾어 던져 넣었던. 무수한 나뭇가지와 나뭇가지의 겹쳐지고 겹쳐진 흔적은 아니었을까. 부서지고 부서지던 마음들의 어두운 그림자는 아니었을까 하는 뒤늦은 생각과 함께.

마전은 알 수 없는 그늘로 가득하여서. 아니. 알 수 없는 그늘과 그늘 사이의. 알 수 없는 빛으로 가득하여서. 그것은 탁아소를 오가면서 하염없이 바라보고 바라보던 바다의 물결이었고. 두 눈을 멀게 하듯 끝없이 번져가는 윤슬의 빛이었고. 그 해안도로의 부서진 시멘트 조각의 균열들 사이사이에 끼어 있던 유리구슬의 빛이었고. 그 둥글고 작은 유리구슬은 바다의 빛을 반사한 채로 다가가는 각도에 따라 숨바꼭질하듯이 눈부시게 나타났다 사라지기를 반복하였고. 무언가에 홀린 듯 구멍 속 구슬 앞에 앉아 구슬을 꺼내려고 했지만. 구멍에 꼭 맞게 들어앉아 있던 그것을 꺼내는 일은 요원한 일로 여겨졌고. 쓸쓸한 마음이 되어 잊고 있다 어느 날 문득 생각이 나서 그 구멍을 찾아보면 유리구슬은 감쪽같이 사라지고 없었고. 유리구슬이 사라진 텅 빈 구멍을 바라보면서 알 수 없는 그 모든 것들을 생각하다 보면 또 어느 날엔가 비어 있던 그 구멍 속으로 또 다른 유리구슬이 새로이 들어가 있었고.

어떤 비의와도 같은. 삶의 신비를 드러내는. 어둡고도 환한 빛 속에서. 문득문득 떠오르는 오래전 풍경의 표면에는 일렁이는 빛의 자리만큼이나 어두운 시간의 흠집이 가득 새겨져 있다. 말할 수 없는 것들 앞에서, 말하려고 했지만 고통이 끼어들어서, 통증이 덧대어져서, 그렇게 조금도 말해질 수 없는 것들 앞에서, 언어는 무너져 내린다. 그리고. 언어가 무너져 내리는 바로 그곳에서, 언어를 초과하는 그 무엇 앞에서, 어떤 문장이 행위한다. 쓰려는 것을 건너뛰고, 쓰려는 것보다 더 빨리 나아간다. 여기에 언어의 마법이 있다. 하나의 영험한 주문처럼. 언어는 그렇게 드러내려는 현실을 일순간 바꾸어놓는다. 실제의 삶 이전의 무엇을. 우리의 기억을. 우리의 내면을. 언어는 바꾸어놓는다. 하나의 세계에서 또 다른 세계로 건너뛰면서. 언어는 우리 안에서 그 모든 보편적인 사물과 세계의 법칙을 간단히 뛰어넘는다. 그렇게 결국 언어는 진정 우리의 현실을 바꾸어놓는다.

나는 왜 마전이라는 지명이, 그 이름이, 그 울림이, 나를 사로잡는지 오래도록 궁금했다. 언제나 나는 나를 사로잡는 낱말의 신비에 대해 알고 싶었다. 나아가 그 낱말에 덧입혀져 있는 신비를 기어이 만나게 되는 알 수 없는 우연의 인과에 대해서도. 아주 어릴 적 소원 그대로 나는 글을 쓰는 사람이 되었는데. 글을 쓰는 깊은 새벽. 아픈 허리 때문에 나도 모르게 입술을 깨물면서 책상을 붙들고 있을 때면. 나는 자진해서 벌을 받는 사람이 되었구나 생각하곤 했고. 어떤 고통 속에서. 사람들은 왜 고통이라는 마음의 낱말 대신 통증이라는 보다 구체적인 몸의 낱말을 가져와 현실의 곤고함을 지우고 누르려고 하는 것인지 생각했고. 그렇게. 사물과 사물 사이의 간극. 사물과 언어 사이의 간극. 나와 나 사이의 간극. 나와 언어 사이의 간극. 언어와 언어 사이의 간극을 느끼면서. 그런 간극이야말로 이 세계의 가장 깊은 진실을 가리키고 있는 것은 아닐까 하는 생각과 함께. 이제 나는 내가 시인이 아닌 것 같고. 같은 이유로 더는 시인이 아니기를 바란다. 내가 포기한 바로 그것으로. 그 언어로. 그 형식으로. 내가 바라는 바로 그 작가가 되기를 바라면서. 글을 쓰는 사람이 되고 싶었던 어릴 적의 소망 그대로. 무언가 다시 제대로 쓰기를 바라면서.

멀리 공작 한 마리가 서 있다. 이제 막 날개를 펼치려고 하고 있다. 멀리 있듯 가까이 서 있는 공작 앞에서 나는 오늘도 낱말을 고른다. 뒤늦게 다시 도착하고 있는 그 모든 얼굴들에 대해, 그 모든 목소리들에 대해, 무언가를 밝히기 위해서 단어들을 고르고 고른다. 그러나 어떤 얼굴들 앞에서는, 어떤 시간들 앞에서는, 언어를 고르는 것 자체가 죄악으로 여겨질 때가 있다. 이런 순간이야말로 언어 스스로 제자리를 제 얼굴을 찾기를 요구한다고 여겨지는데. 이때 중요한 것은 모종의 얼굴과 시간에 꼭 들어맞는 언어를 찾아내어 백지 위로 옮겨놓는 일 자체가 아니라. 이제 막 자기 자리를 찾으려는 언어 앞에서. 머뭇거리는. 저항하는. 언어의 그 방향성을 자각하는 것. 행여나 어떤 말로 고정됨으로써 존재의 본질을 흐리게 될까 봐 두려워하는 마음. 그렇게 언어는 주저하는 마음으로 흐릿한 궤적을 만들어 나간다. 그리하여 중요한 말은 종이 위에 쓰인 말이 아니라. 쌓이고 쌓이면서 지워지고 지워지는 말들. 지워지고 지워짐으로써 종이 위에 다시 드러나는 말들. 그렇게 말과 말 위로 겹과 겹을 만들어주는 말들이다. 보이지 않는 말의 흔적을 쌓아나가는 일. 자신의 문장을 끝없이 끝없이 부정하면서 끝없이 끝없이 문장 뒤로 사라지는 일. 문장으로 살아가는 일.

눈을 뜨면 단어는 사라져버린다. 문장은 색과 소리를 잃는다. 나는 늘 그것에 대해 쓰고 싶었다. 문장이 발생하는 보이지 않는 공간에 대해서. 왼쪽에서 오른쪽으로 위에서 아래로 이동하면서 쌓이는. 평면의 공간이 아닌. 아주 약간 우묵한 공간에 대해서. 무언가 담겨 있지만 보이지 않는. 파이고 파인 우묵한 그늘에 대해서.

뒤늦게 알게 되는 사랑 때문에 문득 울게 되듯이. 이제 마전이라는 지명은 이웃 동네로 편입이 되어 행정적인 이름이 없어졌다고 한다. 공식적인 명칭은 없어졌지만 마전은 여전히 마전이라 불리고 있었고. 그래서인지 마전은 더욱더 밝혀내야만 할. 미지의. 신비의 영역으로 나아가게 되었다고 나는 느낀다. 그리고 나는 지금 문득. 오래전 탁아소의 어느 어두운 오후. 죽음과도 같은 잠에서 깨어났던 언니가. 실은 아무렇지도 않은 얼굴로 말갛게 깨어났던 것이 아니라. 깨어나자마자 깨어나면서부터 울고 있었다는 사실을. 콧물 눈물 범벅으로 울고 있는 나를 보면서 나를 따라서. 그렇게 영문도 모르는 얼굴로 언니는 울면서 깨어났다는 사실을. 이제야. 뒤늦게. 떠올린다.

마전은 다시 또다시 나를 끌어당긴다. 다시 펼쳐진다. 그곳에 밝혀내야 할 것이 있다고 느낀다면 그것은 나의 본성에 가까운 무엇이 숨겨져 있다는 말과 다름 아니라는 것을. 마전麻田. 삼베나무밭. 나는 오래전 그곳

128

에 대해. 그 기원에 대해. 조금도 알지 못한다. 그곳에서 삼베를 재배하기는 했었는지. 혹여 재배를 했다면 그 삼베로 옷감을 짰었는지. 그것을 내다 팔아 생계유지를 했었는지 나는 조금도 알지 못한다. 그러나 마전이라는 낱말은. 삼베나무로부터 얻은 씨줄과 날줄로 하나의 옷감을 직조할 수 있는 모종의 가능성이 어려 있다는 점에서. 자음과 모음을 가져와 문장과 문장을 엮어나가는 글쓰기의 영역과 비유적인 차원에서 아주 가까이 놓여 있다는 것을. 나는. 이 글을 쓰면서야. 비로소. 깨닫는다. 내가 알고 있던 낱말의. 알고 있다고 생각했지만 알지 못했던 낱말의. 그 깊은 신비와 마주치면서. 그렇게 오래전 나의 얼굴과 지금의 나의 글쓰기는 희미하게나마 다시 연결된다. 나는 이제야 어떤 장소를 기억하기 시작한다. 각인하기 시작한다. 간직하기 시작한다.

공작이 있다. 공작은 오늘도 이곳에서 저곳으로 빛을 끌면서 걸어가고 있다. 하나의 영원처럼. 나는 그 공작 앞으로 다가가 구슬 하나를 굴려서 넣어준다. 어린 시절 그토록 꺼내고 싶었지만 꺼내지 못했던 바로 그 유리구슬을.

빛나라고.
같이. 더욱 빛나라고.

새벽 낚시를 위한
플레이리스트

아버지와 마지막으로 낚시를 간 것은 2020년 10월 20일이다. 생일 다음 날이어서 기억이 난다. 코로나가 기승을 부리던 시절이어서 그날의 낚시 풍경을 찍은 사진 속의 아버지와 나와 남동생은 모두 마스크를 쓰고 있다. 마스크 때문에 보이진 않지만 입은 하나같이 웃고 있다. 아버지는 볕이 좋은 날이면 크고 작은 릴 낚싯대를 비롯해서 낚싯줄이며 막대 낚시찌, 봉돌 같은 것을 케이스에서 꺼내어 볕에 말리거나 닦고 조이고 릴에 윤활유를 바르는 등 낚시채비를 살펴보곤 했다. 엄마를 여의고 나서는 들여다보지도 않던 그것들을 꺼내어 하나하나 늘어놓기 시작했다는 것이 내게 작은 위안을 주었다.

언젠가 아버지가 손질해둔 생선을 냉동실에서 꺼내다가 나도 모르게 뭐지 이거? 뭔가 귀여운데? 하면서 웃음이 났는데. 왜 웃음이 났을까 생각해보니 엄마와 아빠의 생선을 대하는 태도가 확연히 달랐기 때문이다. 엄마가 시장에서 사다 손질해놓은 생선은 그야말로 요리 재료 같다. 구워 먹어도 좋고, 조림을 해도 좋고, 매운탕을 해도 좋을, 식탁에 오를 반찬의 재료. 엄마는 갈치든 고등어든 요리하기 쉽게 몇 덩이씩 묶어서 냉동용 저장 용기에 넣어 보관한다.

반면에 아버지는 애초에 그것을 요리해 먹을 요량으로 손질한 것이 아니라, 자신이 잡은 물고기가 자랑스러워서, 잡아 왔으니 손질은 하지만, 한 마리 한 마리가 귀해서 물고기끼리 겹치지 않게 포장용 스티로폼 그릇에 가지런히 진열해둔 것이다. 탁본을 뜨기 위해 조심스럽게 놓은 물고기처럼.

– 아버지는 낚시 다니면서 가장 기억에 남는 때가 언제예요?

진곡에서 낚시했을 때. 그때 참돔 낚았는데…….

– 아, 그때 뜰채 부러져서 다 잡은 참돔 놓쳤을 때요.

응, 그때.

– 놓친 물고기가 커 보이는 법이라지만 그때 놓친 건 정말 컸는데.

그러니까 말이야. 그리고…….

– 그리고 뭐?

내가 묻자 아버지는 잠깐 뜸을 들이더니 말했다.

그때는 엄마도 있었고…….

– 맞지…… 그때는 엄마도 있었지…….

우리는 한동안 말이 없었다. 아버지는 옆에서 설거지를
도와주고 있었고 나는 제주도 사촌 언니가 보내준 갈치를
굽고 있었다.

**– 아버지는 낚시하는 중에서 어떤 순간이 제일 좋아요? 잡으려고
했던 참돔이나 감성돔 잡았을 때?**

그것도 그렇지. 그런데 매 순간 좋아. 물고기를 잡지 못했을 때도.
찌가 흔들리는 미세한 움직임을 느낄 때도. 바다 멀리 수평선을
바라보면서…….

우리는 잠깐의 침묵 뒤에 또 다른 이야기를 이어간다.
주로 아버지와 같은 노년의 삶에 대해서. 아버지는 전날
텔레비전에서 본 구십육 세 할머니가 길거리에서 주운
멜로디언을 독학해서 연주하는 장면에 대해 이야기한다.
나는 언젠가 짧은 동영상으로 본 백다섯이 된, 나이에 비해

132

놀라울 정도로 젊고 건강한 할아버지의 매일의 운동 루틴에
대해 이야기한다. 서로 조금씩만 더 오래오래 건강하게
살자는, 직접적이어서 왠지 슬퍼지는 말들은 되도록 하지
않으려고 하면서.

창밖으로 하얀 목련이 떨어지고 있었다. 언제부턴가 목련이
피는 계절이 돌아오면 아버지에게 양희은의 〈하얀 목련〉을
들려준다. 아버지는 들을 때마다 매번 새롭게 처음 듣는
곡인 것처럼, 세상에 이렇게 슬픈 노래도 다 있냐고 한 번 더
듣자는 말을 잊지 않는다.

　몇 년 전인가 나는 사진 속의 아버지가 커다란 펭귄
같다고 느꼈다. 사람에게서 음악 소리가 들려오면 그것은
깊이 사랑에 빠진 것이라고. 반면에 늘 보는 익숙한
사람에게서 문득 동물의 모습이 겹쳐 보이면 그것은 깊은
연민을 느끼는 순간이라 생각했다. 어느 날 커다란 펭귄 옷을
입은 늙고 연약한 한 사람을 오래된 사진 속에서 발견했을 때
그간의 그의 삶에 대해 조금은 이해할 수 있게 되었다.

　하얀 목련이 후두둑 떨어져 내리고 있었다. 생각은 동네의
길목 입구에 서 있는 눈이 부시게 하얀 목련 나무로 옮겨갔고.
언제부턴가 그 길목에 앉아 있던 할머니가 보이지 않은 지도
꽤 되었다는 것에 생각이 미쳤다. 할머니는 아픈 개를 작은
보행기에 태운 채로 목련이 피어 있는 그 길목에 늘 앉아
있었다. 길목 근처 농협을 오가던 사람들은 한눈에 보기에도
몹시 아파보이는 그 개를, 염증으로 짓무른 상처가 가득한 그
늙은 개를, 왜 병원에 데려가지 않느냐고, 왜 사람들이 오가는
이 길목에 그렇게 개와 앉아 있느냐고, 한마디씩 하곤 했다.
할머니는 사람들의 편견과 참견과 호기심에 지쳐 더는 아무
말도 하지 않았다. 언제고 곁에 앉은 할머니의 친구들에게

하던 말을 우연히 들었고. 집에서는 알뜰히 살피고 따뜻하게
해주어도 개가 늘 아파하면서 운다고. 따뜻한 볕 아래로
나와 앉아 있으면 편안해하면서 좋아한다고. 말을 하는
할머니 역시도 아파보이는 얼굴로 연신 기침을 하고 있었다.
그 곁에는 차갑고도 따뜻한 삼월의 바람결에 듬성듬성한
머리털을 날리며 늙고 아픈 개가 이마 가득 햇살을 맞고
있었고.
　이제는 보이지 않는 그림자 곁으로, 그 한 뼘의 볕이
머물던 자리 위로, 다시 목련은 떨어져 내려앉고 있었다.

　조금 덜 아픈 것이 조금 더 아픈 것을 돌본다는 것.
　조금 더 아픈 것이 조금 덜 아픈 것을 살게 한다는 것.

❋

낚시가 취미인 아버지를 따라 물때에 맞춰 참으로 많이
낚시를 다녔었다. 특히, 고요한 새벽에 하는 낚시는 어느
계절이든 좋아서 이제껏 경험하지 못한 특별한 시간의
틈새가 열리고 있음을 느끼게 했다.
　시리도록 푸른 새벽하늘의 빛이 깊고 어두운 바다의
표면에 되비쳐 현묘한 환영처럼 빛의 그늘을 드리울 때, 이후
조금씩 밝아오는 아침의 빛에 따라 눈이 부시도록 아름다운
윤슬의 빛이 두 눈 가득 출렁일 때, 유속을 따라 흔들리는
낚싯바늘 끝을 두 눈으로 좇으며 무한을 바라볼 때……

*

— 무수한 새벽의 바다로 데려가
기다려도 오지 않는 것을 기다리는 법을 알려주신,
아니, 오지 않는 것을 기다리는 대신
순간을 누리는 법을 가르쳐주신,
사랑하는 나의 아버지께.

	SONG	ARTIST
1	At dawn	Hania Rani
2	Near Light	Ólafur Arnalds
3	Prayer For A Dawn	Yasushi Yoshida
4	My Piano Night	Federico Albanese
5	Eden	Hania Rani
6	Memory Bank	Ryuichi Sakamoto
7	Mirror Lake	Angus MacRae
8	Gloss	Holland Andrews
9	Roots	Library Tapes, Julia Kent
10	In Retrospect	Jacob Mühlrad
11	Wave	Itoko Toma
12	Journey's End	The Montgolfier Brothers
13	Eyes Closed And Traveling	Peter Broderick
14	Wandering I	Eydís Evensen
15	Will I Know	Sea Oleena
16	Still Blue	Olivia Belli, Enrico Belli
17	Fljótavík	Georg Holm, Jon Thor Birgisson, Kjartan Sveinsson, Orri Pall Dyrason, 12 Ensemble
	Hidden Track	
18	하얀 목련	양희은

히든 트랙 〈하얀 목련〉은 고급 스피커를 통해서가 아닌,
마치 90년대에 유행했던 카세트테이프 판매 리어카에서
들려오던 아련한 사운드와도 같은, 흐리고 조악한,
먼 기억처럼 들려오는 음질로 들어보기를 권한다.
되돌릴 수 없는 과거라는 시간 혹은 장소를 이제는
받아들일 수밖에 없다고 느끼게 하는 그런 사운드로.

ALBUM

Venice – Infinitely Avantgarde (Original Motion Picture Soundtrack)

Living Room Songs

Heavenly Me Last Days

The Blue Hour

Esja

After Yang (Original Motion Picture Soundtrack)

Cry Wolf

Wordless – EP

Leaves

Burn All My Letters

The Window

Journey's End – EP

Grunewald – EP

Bylur

Weaving a Basket

Still Blue – Single

Death and the Maiden

셋 사랑노래

불면의 밤을 위한
플레이리스트

오래전 네가 보았던 풍경을 보고 있다. 너는 내가 가지 못한 곳의 빛과 그림자를 사진으로 남겼고. 그 풍경을 바라보았을 너의 시선을 그대로 다 느낄 수가 있어서. 네 마음의 차오르는 슬픔의 방향을 따라 걸으면 너의 영혼은 크고 넓고 온통 번지는 나날의 빛다발이어서. 세계의 모퉁이 하나하나 쓸쓸하게 아름답지 않은 곳이 없다고. 숨결이 닿는 구석마다 본 적 없는 형체와 색채가 놓여 있다고. 낮은 곳으로 흐르는 물처럼. 멀리서도 가지를 흔드는 바람처럼. 보지 않는 눈으로 명확히 바라보는 눈이 되어. 그러니까 아직도 여전히 내내 밝혀지지 않은 아름다움이 있다고. 아직도 담아내지 못한 눈먼 기억의 조각들이 있다고. 사소한 직선과 곡선 위로 쏟아지는 빛의 잔상으로 나를 흔들고 흔들어. 있지도 않은 문장은 흑과 백으로 자신의 본성을 드러내고. 그때. 무한을 향해 나아가는 몇 줄의 음악이 있어 네 마음 저 깊은 곳에서 흘러내리는 것인데.

*

　　　　— 쌍둥이 언니 에니의
　　　　흑백 풍경 사진들에 부쳐.

	SONG	ARTIST
1	The Great White Open	Christian Löffler, Federico Albanese
2	Dawn After Darkness	Cicada
3	Nuit blanche	Tarkovsky Quartet
4	Good Night, Day	Jóhann Jóhannsson
5	On The Nature Of Daylight	Max Richter
6	Unmade	Thom Yorke
7	Perth	Bon Iver
8	Requiem	Masayoshi Fujita
9	Dawn	Meredith Monk
10	For my Sister	Hammock
11	Sinking Inside Yourself	Hammock
12	Oltremare	Ludovico Einaudi
13	A Distant Glow	Slow Meadow
14	Moonlight Shadow	Aspidistrafly
15	Silent park	Yasushi Yoshida

ALBUM
Haingeraide
Dawn After Darkness – Single
Nuit blanche
Orphée
The Blue Notebooks
Suspiria (Music for the Luca Guadagnino Film)
Bon Iver
Apologues
Book of Days
Mysterium
Asleep in the Downlights – EP
Divenire
Slow Meadow
I Hold a Wish for You
Secret Figure

새벽의 리듬으로부터

다시 밝아오는

미지의 글쓰기

글쓰기는 개인의 고독과 병증에서 출발한다. 그것이 겉으로 드러나든 드러나지 않든 글쓰기는 한 개인 내부의 가장 허약한 지점에서 떠오른다. 백지 위로. 불쑥. 하나의 신음처럼. 어떤 고통들, 어떤 결핍들, 어떤 상처들. 그 글쓰기가 나아가는 지점은 개인의 더 큰 고독과 병증, 거대한 입을 벌리고 있는, 아직 자신에게조차 밝혀지지 않은 심연의 저 밑바닥이다. 글쓰기의 치유의 힘이나 구원의 가능성에 대해 말하는 것은 순진하고도 단순한 낙관이 아닐까. 말하지 못한, 말할 수 없는, 함구되어진 내부의 내부, 그 내부의 닫힌 문틈 사이로 위험을 무릅쓰고 기어이 들어가려고 하는 것, 한 치의 망설임도 없이 곧장 내려가는 것. 글쓰기에서 얻을 수 있는 구원이라면, 자신과 자신을 둘러싼 고통과 상처를 직시하는 순간에 얻을 수 있는, 그 순간과 정면으로 맞부딪침에서 오는 벼락과도 같은 충돌의 순간, 자신이 누구인지, 자신의 상처가 무엇인지를 알게 되는 바로 그 순간의 불빛에 있는 것은 아닐까.

시간이 지나도 상처의 흔적들은 없어지지 않는다. 다만 의식의 깊은 수면 아래 가라앉아 있을 뿐이다. 그 모든 상처들은 안팎의 사소한 충격에도 다시 모습을 드러낸다. 확대되거나 변형된 형태로. 그런 일들이 반복될 때 우리는 강해지는 것이 아니라 조금씩 무뎌지는 것인지도 모른다. 무뎌지는 것도 나쁘지만은 않다는 것을 알게 되는 순간, 우리는 비로소 늙어간다. 그렇기에 오늘도 나는 글쓰기로 나아간다. 글쓰기로부터 시작해서 다시 글쓰기로 돌아간다. 미지의 순간을 향해. 아무런 보상도 바라지 않으며. 구원이나 치유의 가능성에 대해 어떠한 기대도 하지 않으며.

머리맡에 국어사전을 두고 잠들던 시절이 있었다. 나만의 문장을 만들고 싶다는 욕망이 무럭무럭 자라나던 낮과 밤, 하나의 단어에 하나의 세계를 대입해보며 잠자리 날개같이 얇디얇은 사전의 페이지 위에 침을 묻혀 얼룩을 남기거나 귀퉁이를 세모꼴로 접어놓곤 했던 날들. 내 글쓰기는 그런 어느 날 난데없이 나타난 낡은 타자기와 함께 시작되었다. 열 살 무렵, 아버지가 물려주신 수동 타자기는 어린 내게 이전과는 다른 글쓰기에 대한 자각을 심어주었다. 소박한 허영심과도 닮은, 작가적 자의식과도 닮은 그 무엇. 그 타자기가 내 책상 위에 얌전히 앉아 있던 순간을 아직도 잊지 못한다.

하얀 백지 위에 찍히던 활자들. 한 줄의 타이핑이 끝날 때마다 줄바꿈 글자 쇠의 끝에서 경쾌하게 울리던 맑은 종소리, 백지 위에 검은 글씨가 돋아나던 순간의 황홀한 기쁨, 백지의 첫 줄에서부터 마지막 줄까지 활자들로 검게 채워나가는 단순한 쾌감에 중독되어 먹지가 다 닳도록 타자기의 자판을 두드리던 시절. 어떠한 개연성도 논리도 의미도 없는 글쓰기. 지극히 사적이고 일반적인 글쓰기의 상징인 손 글씨의 자장을 단번에 뛰어넘는, 필경사 혹은 숙련된 작가 특유의 고뇌라도 품은 듯한 느낌을 주는, 내가 만들어낸 인쇄 활자에 대한 매료는 곧바로 더 많은 단어와 문장에 대한 탐닉으로 이어졌다.

꿈속에선 언제나 말더듬이 소녀가 나뭇가지로 땅을 파고 있었다. 말을 쉽게 내뱉지 못했으므로 말더듬이 소녀는 말 대신 단순한 음들을 지어내 불렀다. 노래를 할 때에만 자기 자신에 가까워진다고 생각하면서. 그러나 노래는 말할 수 없는 말을 감추는 허밍으로 이어지는 날들이 많았고. 허밍은 말줄임표를 닮아가고 있었다. 말더듬이 소녀와 친구가 되고 싶었지만 말더듬이 소녀는 자신을 마음 깊이 미워했다. 말을 더듬지 않는다면 친구 삼고 싶은 기분도 들지 않았을 테지. 누군가를 친구 삼기엔, 누군가의 친구가 되기엔, 우리는 우리 자신을 은밀히 미워했다. 내 속의 너는, 네 속의 나는, 그들이 사실은 존재와 세계와의 근원적인 불화의 한 양상이라는 뚜렷한 인식도 없이, 서로의 언어 속으로 혹은 서로의 언어 밖으로 더듬더듬 뛰쳐나가려고만 했다. 유년을 물들였던 쓸쓸함과 고독의 시간들. 그 구체적인 세목들을 일일이 나열해야만 할까. 내 글쓰기는 타고난 유약한 마음 탓에 무엇에게든 쉽게 물들고 베여서 쌓이고 쌓인 상처들로 인해 시작되었다고 고백해야만 할까. 그때 나는 예민하고 조로한 감수성을 지닌 아이였는지도 모른다.

그러나 누가 타인의 고통과 상처에 대해 단언할 수 있을까. 하나의 상처, 하나의 고통, 하나의 슬픔은 그것 자체로 개별적이고 절대적이다. 누구의 슬픔도 누구의 슬픔보다 더하거나 덜하지 않다. 각자 개인이 견뎌야 할 저마다의 고통과 슬픔이 있을 뿐이다. 타자기의 출현으로 시작된 내 글쓰기는 한 예민한 유년의 우물 속 어둠을, 그 자신의 과거와 현재와 미래를 불러들이는 주문呪文이 되었다. 누구에게도 내뱉지 못한, 내뱉을 수 없는, 지극히 개인적인 언어들이 밤마다 백지 위로 모여들었다. 말들은 끝없이 백지 위로 날아와 박혔다. 정신적 허기에서 비롯된 글쓰기는 미지의 문장에 대한 더 큰 허기로 나아갔다.

그와 동시에 기억으로부터 끊임없이 소환되는 유년의 이미지들이 있다. 언제나 혼자 걷던 좁고 긴 길들. 멀고 먼, 가도 가도 끝이 없던 길. 길가의 키 작은 풀을 훑듯이 쓰다듬으며 집으로 돌아가던 그 길은 마치 미지의 세계로 향하는 통로 같았다. 보지 않아도 알 수 있을 것 같은, 검은 무언가가 그 길 끝에 죽어 있을 것만 같은 불길한 예감. 마주 보게 될 어둠의 순간을 최대한 지연시키기 위해 될 수 있는 한 천천히 걸어가던 그 길들.

끊임없이 멀어지는 그 길의 감각은 오늘도 여전히 이어진다. 그 감각은 글쓰기의 한복판에 있을 때면 더욱 뚜렷해진다. 어찌하여 그 길의 이미지들은 끊임없이 되살아나는 걸까. 그것은 내가 언어를 대하는 감각과 닮아 있다. 언어를 밀고 나가면서도 끊임없이 언어를 의심하는. 보다 적확한 문장을 찾으려 할수록 적확함으로부터 멀어지는 문장들. 우리가 공고히 쌓아올린 언어적 체계란 얼마나 연약한 것인가. 언어는 근본적으로 무력하고 미끄럼 타기를 좋아한다. 진리라고 당연하게 믿어왔던 한 줄의 언명이, 진리의 값이 참이냐 거짓이냐는 논외로 하고, 말 혹은 글로 옮겨지는 순간, 우리가 바라보게 되는 것은 이제 막 죽은 언어의 시체인지도 모른다. 그것을 살려내기 위해 할 수 있는 일이란, 또 다른 문장, 오로지 '차이'의 개념으로서만 의미를 부여받을 수 있는 대상 밖의 사물과 세계를 끝없이 불러들이는 일뿐이다. 하나, 의미는 끝없이 지연되고, 끝없는 묘사들만 허망하게 자꾸만 자꾸만 이어질 뿐이다.

우리는 이 세계에 내던져진 존재들이라는 자각. 언어에 대한 불신은 이 세계 자체에 대한, 인간의 인식 체계에 대한 무수한 의문들로 이어졌다. 내가 인지하는 이 세계와 당신이 인지하는 이 세계가 똑같은 곳일까. 내가 바라보는 한 송이 붉은 꽃이 당신에게도 내가 보는 그대로의 붉은 꽃으로 존재하는 걸까. 나는 볼 수 있지만 당신은 볼 수 없는 것들, 당신은 볼 수 있지만 나는 볼 수 없는 것들. 그리고 우리가 설령 똑같은 인지 체계를 가지고 있어 이 세계를 시각적으로 똑같은 것으로 파악한다고 하더라도 객관적이고 보편적인 대상에 대해 서로가 말하는 말들은 과연 어느 정도 일치할까 하는 의문들. 우리가 완벽하게 구사한다고 믿는 모국어가 실은 이제 막 외국어를 익힌 사람들의 대화 수준보다 못하지 않을까 하는 생각들.

그런 의문들로 가득 차서 한동안 한 줄의 글도 쓸 수 없던 시절이 있었다. 대체 내가 무엇을 쓸 수 있을까, 쓸 수 있기나 할까, 쓴다고 한들 그것이 과연 무슨 의미를 지닐 수 있을까 하는 생각. 무언가를 쓴다는 일은 쓰려는 그것으로부터 점점 더 멀어져가는 일이라고 느껴졌다. 헤라클레이토스의 그 유명한 전언, 누구도 같은 강물에 두 번 발을 담글 수 없다는 말에 기대지 않더라도, 나는 이 시공에 대한 그 무엇도 제대로 설명할 수도, 포착해낼 수도 없을 거라는 절망감에 사로잡혔다. 우리가 간신히 인식할 수 있는 유일한 시간이라 믿는 '순간'이라는 개념조차도 하나의 환상일 뿐이라는, 그 순간마저도 명확히 규정할 수 없는 것이라는 절망. 그러나 정신적인 말더듬이 상태에서 깨어날 수 있었던 것은 삶 자체가 원래 아무런 의미 없이 주어진 것이라는 사실, 결국 우리는 잡히지 않는, 잡을 수 없는 '순간' 속에서 살아갈 수밖에 없는, 그 순간을 간신히 말할 수밖에 없는, 아주 작은 존재일 뿐이라는 인식, 그리고 그 '순간'이 '영원'으로 이어진다라는 지극히 익숙하고 평범한 영원회귀의 개념으로 되돌아가게 되었기 때문이다.

내 글쓰기는 이 모든 의심과 의문으로부터 다시 시작된다. 말할 수 없는 것을 말하려는 불가능한 시도 자체에 글쓰기의 진정성이 있는 것이 아닐까 생각하면서. 문학 장르 간에 어떠한 경계나 위계를 두진 않지만, 시를 쓰고 발표하는 현재의 상황에서 글쓰기에 대해 말하자면, 내가 좋다고 느끼는 시는, 언제나 미지의 것을, 저 너머의 세계를 보여주는 시들이다. 뭐라고 설명할 수는 없지만 알 수 없는 아름다운 감각으로 무장한 시, 무의식적인 리듬과 직관의 세계에 몸을 맡긴 채 보다 넓고 먼 곳으로 나아가는 시, 이상한 활기와 비약, 도약으로 충만한 시, 사라진 사건의 흔적이 행간과 행간 사이에 묻어 있는 시, 사라졌고 사라질 언어의 궤적을 고스란히 드러내 보여주는 시, 날아오르는 허공의 여백, 혹은 추락하는 공기의 속도를 보여주는 시, 언어 이전의 무한한 음률, 음악 이전의 음악을 닮은 시, 시적 언어의 관습을 깨뜨리는 시, 우리가 믿고 있는 세계의 보편적 진리에 대해 의심하고 질문하는 시, 한마디로 나를 울게 하는 시들. 모호하고 주관적인 표현들이지만 나는 내 글쓰기가 이런 방식으로 나아가기를 바란다. 이것이 현재 내 글쓰기가 지향하는 방식이자 현실을 감각하는 태도이다.

우리는 단지 희미한 뉘앙스, 문맥적 배치에서 비롯된 언어의 낌새만으로 소통하고 있는지도 모른다. 날아드는 소음들에 의해 중간중간 끊기곤 하는 음악들처럼, 문장과 문장 사이에서 오롯이 솟아오르는 공백으로만 완전한 이해에 이르고 있는지도 모른다. 그리고 우리는 실제로 그렇게 불완전한 이해만을 불완전하게 공유하며 살아가고 있다. 슬프지만 불완전함을 있는 그대로 들여다볼 때, 바로 그 지점에서 보다 깊은 이해로 향하는 풍요로운 지점이 열리고, 이전에는 보지 못했던, 느끼지 못했던 언어의 낯선 지점이 보이기 시작한다. 그때, 언어의 알 수 없는 미학적 아름다움이 발생한다. 언어의 특별한 기미를 예민하게 감지할 수 있는 사람들이라면 알아차릴 수 있는 이상한 소통, 이상한 공감, 이상한 감흥이 생긴다.

내게 있어 글쓰기는 언제나 알 수 없는 그 너머에 있다. 미지의 것, 완전히 써 내려가기 전에는 상상조차 할 수 없는 그 무엇, 그러나 이미 내 속에 있는 그 무엇. 관습화된 언어의 구조에서, 언어의 감옥에서 벗어나는 일. 익숙한 언어의 규칙 혹은 질서를 내려놓고 하나의 패턴으로 굳어진 의식의 통제에서 벗어나 무의식의 입구에 서 있는 일. 의도하지 않았던 어떤 의미나 무의미함을 발견하게 되는 일. 그 너머와 만나는 일. 그리하여 나는 아직 내가 쓰지 않은 글만을 편애한다. 쓰이지 않은 문장들만 편애한다. 이미 내가 만들어놓은 얼룩 같은 문장들을 디디고 또 다른 얼룩을 만들어내면서. 내 글쓰기가 언어의 황폐함의 극단만큼이나 언어의 숭고함의 극단까지 나아가기를 바라면서. 황폐함과 숭고함의 극단은 맞닿아 있는지도 모르겠다고 생각하면서. 결국 쓸모없는 아름다움만이 우리를 구원할 것이라고 생각하면서. 지금으로서는 그렇게 계속 실패하고 실수하며 나아갈 수밖에 없다는 생각. 나는 여전히 허기를 느끼면서 글을 쓰고 더 큰 허기를 느끼면서 문장을 마친다. 그 어떤 구원도 없지만, 글을 쓸 때의, 몰입하는 순간을 즐기면서. 깨어 있고자 하는, 명상의 한 방식으로 여기면서. 마침표는 우리에게 속한 것이 아니다. 그리하여 알 수 없는 미지의 세계로, 결국 나에게로. 그리고 가능하다면 너에게로.

꿈으로부터 온 편지

— 천상의 음음을 노래하는 당신에게

비가 옵니다. 방은 어둡고 빗소리만이 가득합니다. 단조로운 소리의 질감이 평면의 색깔로 변하는 순간, 그렇게 보이진 않지만 구체적인 공간이 발생하는 순간, 어떤 목소리가, 어떤 표정이, 어떤 그림자가 흐르기 시작합니다. 오래된 미래처럼 당신의 얼굴은 흐릿한 채로 명확합니다. 나는 과거를 여행하듯이 미래를 여행합니다.

어쩌면 미래를 여행하듯이 과거를 여행하고 있는지도 모르겠습니다. 오래전 우리는 서로에게 하나의 거울이었지요. 그때 우리가 서로에게서 보았던 것은 무엇이었을까요. 그 시절로 돌아간다면 우리는 무엇을 간직하고 무엇을 버리게 될까요. 그때는 하지 못했던 말들을 이제는 건넬 수 있을까요. 말하지 못했던 말들이 이곳과 저곳 사이에서 떠돌아다닙니다. 뒤늦은 인사처럼, 꿈속의 한 장면처럼, 되풀이되어 나타나는 하나의 원형 原型이 되어.

언젠가 함께 걸었던 길들이 다시 펼쳐집니다. 나는 얼굴 없는 사람과 나란히 걸어가고 있습니다. 나와 동행자는 좁은 길을 지나 탁 트인 넓은 공간에 도착합니다. 나는 그곳에서 우리를 기다리고 있는 푸른 머리의 여인에게 다가가 질문을 던져야만 하는 입장이었지요. 푸른 머리의 여인에 대해서 우리는 아무런 사전 지식도 갖고 있지 않았으며, 그녀와 만나 대체 어떤 질문을 던져야 하는지, 그러니 대체 어떤 응답을 이끌어내야 하는지 도무지 알지 못합니다. 다만 우리가 함께 공동의 과제를 수행해야 한다는 사실만이 명확할 뿐이었지요. 나와 동행자가 서성이고 있을 때 질문을 작성하라는 누군가의 단호한 목소리가 들려왔습니다. 나는 질문이라면 호주머니가 넘칠 정도로 많이 가지고 있었기 때문에 하얀 종이에 붉은 펜으로 질문들을 써 내려갔고 그러면서 속으로, 이 질문들이 바로 해답이다, 푸른 머리의 여인에게 이 질문을 던지는 순간 하나의 해답이 된다, 라고 생각하며 가슴이 충만해오는 기분이 들었습니다. 질문지를 다 작성한 뒤에 푸른 머리의 여인에게 나아가 질문을 던지려는 순간, 너무 많은 사람들이 동시에 몰려들었고, 사람들은 보다 더 의미 있는 질문을 던지려고 다른 사람들의 질문을 염탐하기 시작했고, 종국에는 서로의 질문지를 도둑질하기 시작했습니다. 나는 질문지 없이도 충분히 물음을 던질 수 있었음에도 불구하고 이상하게 질문지에 의존하는 마음이 커져만 갔고, 그때 누군가가 내 질문지를 낚아채 갔고, 결국 말문이 막힌 채로 아무런 말도 할 수 없게 돼버렸고, 그때부터 질문지를 찾아 떠나는 여행이 시작됩니다.

　　나와 동행자는 깊고 좁은 숲속 길을 헤매고 다니다 황무지와도 같은 곳에 도착했고, 연기가 오른쪽에서 왼쪽으로 길게 자라나는 소각장 하나를 발견했고, 우리는 그곳에 쌓여 있는 종이들을 훑어 내려갔지만 거기엔 무의미한 모음과 자음들만 적혀 있었을 뿐 어디에도 작성

했던 질문은 없었습니다. 빈손으로 돌아오는 길에, 그러나 왠지 홀가분한 마음이었는데, 문득 지나온 숲속의 나무들을 되돌아보고 싶은 생각이 들었고, 뒤돌아보자 숲속의 나무들은 조르조 데 키리코의 그림들처럼 이상하고도 외로운 소실점의 일부가 되어 한 그루 한 그루 저 멀리 멀리로 계속해서 사라져가고 있었습니다. 나는 그 풍경에 여지없이 매혹되었습니다. 끊임없이 사라져가는 나무들의 배열에, 그러나 선형적이라기보다는 무질서한 나선형 모양을 이루는 풍경에, 내가 그토록 찾아 헤매던, 절대로 해독할 수 없는 문장에 관한, 연약하고도 내밀한 내면에 관한, 궁극의 지향점을 발견했고, 그것이야말로 아무에게도 나 자신을 들키지 않고 나 자신에 관해 말할 수 있는, 이해와 오해 사이를 건너뛰어 누군가를 사랑할 수 있는 방법이라는 생각에 넋을 잃을 정도로 반해버려서 끊임없이 뒤돌아보고, 뒤돌아보고, 뒤돌아보고는 했는데, 그럴 때마다 내 곁에 서 있던 얼굴 없는 동행자는 내 마음을 다 헤아리고 있다는 듯이, 그러나 그 모든 일들이 다 부질없는 헛된 꿈이라는 듯이, 두어 번 가볍게 내 어깨를 두드려 나를 깨어나게 했습니다.

짧고도 긴 시간을 헤맨 뒤 다시 처음의 푸른 머리의 여인 앞으로 돌아왔을 땐, 오직 마지막 질문 하나만이 허용된다는 소리가 들려왔고, 나는 이제 그만 질문에 대해선 잊어버려야겠다고 생각하고 있었는데, 기쁜 마음으로 체념한 내 곁에 서 있던 동행자가 그 순간, 하

157

나의 음절을 내뱉었습니다. 하나의 음절이 그 모든 말들을 대변한다는 듯이, 단 하나의 단어를, 입 속으로 삼키듯 입 밖으로 내밀었고, 내게는 그 하나의 낱말이 당신의 이름처럼 들렸습니다. 나의 동행자가 내뱉은 단어가 아무런 의심 없이 하나의 물음으로 받아들여지게 된 것은 그 단어 끝에 배어 있던 알 수 없는 주저함, 바로 슬픔의 기미 때문이었는지도 모르겠습니다. 이 특별한 어조로 인해 오래된 단어는 이름으로 변했고, 순식간에 하나의 질문으로 변했습니다. 푸른 머리의 여인은 온갖 나라의 방언을 읊조리며 그 단어에 관해 길고도 긴 설명을 늘어놓기 시작했는데 같은 음절을 반복하는 탓에 단어엔 주술적인 느낌마저 감돌았습니다. 설명 중에 알아들을 수 있었던 낱말은 '나무' '구름' '바람' '물고기' '꽃' '별'과 같이 변모하기 쉬운 사물의 이름들이었지만 그것도 정확하진 않았습니다. 나는 이 소리들을 알아들은 순간, 이국의 언어를 쓰는 푸른 머리의 여자 또한 그 자리의 다른 모든 이들과 마찬가지로 이 낱말에 대해 조금도 알지 못한다는 것을 알아차렸고, 동행자가 내뱉은 이 낱말이야말로 오롯이 당신과 나만의 세계로 들어갈 수 있는 중요한 통로라는 사실을 알아차렸고, 마치 하이퍼그라피아 상태에 빠진 사람처럼 호주머니에서 구깃구깃한 종이들을 꺼내, 어떤 글, 그러니까 당신과 나에 대한 길고도 긴 글을 써 내려갔습니다. 그러는 사이에 모여 있던 사람들은 흩어졌고 나는 결국 의미 있는 질문 하나도 제대로 던지지 못했기 때문에 무리에서 가장 낮은 자리로 내려가 있게 되었습니다. 나는 천천히 고개를 들어 나의 동행자의 얼굴을 보았습니다. 그 순간 얼굴 없는 나의 동행자는 조금씩 조금씩 얼굴의 형체를 갖추기 시작했고, 그 얼굴은 순식간에 당신의 얼굴이 되었고, 그것은 거울이 되어 다시 나를 비추기 시작했습니다. 그렇게 우리는 가장 낮은 자리에서야 서로가 서로의 거울이 되었고, 서로의 이름을, 서로의 이름의 의미를 알고 있는 유일한 사람이라는 것을 비로소 깨닫게 되었습니다.

우리는 공간을 건너뛰어 천장이 높고 깊은 텅 빈 건물로 들어섭니다. 당신은 잃어버렸던, 잊고 있었던, 서로의 내면의 깊이를 일깨우는 듯한 표정으로 저 높은 어딘가와 연결된 공중그네의 줄을 내게 건네줍니다. 우리는 함께 그네의 발판을 굴렀습니다. 넓고 높은 공간은 마치 거대한 고성古城의 연회장 같은 분위기였는데 긴 그네 외에는 아무것도 없이 텅 비어 있었습니다. 완전한 무無였지요. 완전히 텅 비어 있기 때문에 오롯이 가득 차 있다고 느껴지는 그런 성질의 무無. 텅 빈 공간을 가득 메우듯 당신의 목소리가 들려오고 우리는 유연하고 느린 동작으로 함께 그네를 타면서 서로의 입말을 따라했지요. 우리는 계속해서 의도적인 불협화음을 만들어내며 헝클어진 높낮이를 가진 음들을 소리 내었습니다. 발성 연습이라도 하듯 혹은 단말마의 비명이라도 지르듯이 터뜨린 그 짧은 음절들은 메아리치며 공간과 공간의 모서리로 가 부딪쳤고, 가슴 저 밑바닥에서 애 틋하고도 후련한 감정이 떠오르기 시작했을 때 그 짧은 음절들은 점점 길이가 길어졌고 결국 노래와도 같은 질 감과 형태를 가진 것이 되었습니다. 나는 소리의 울림 이 참으로 아름답다고 느끼면서 진동추가 극에 달할 정 도로 힘껏 그네의 발판을 굴렀습니다. 이런 식으로 계 속 나아간다면 이 세계 밖으로 나갈 수도 있겠구나 생 각하면서. 어딘가 멀리 광활한 우주 공간으로 나아가듯 이, 서로의 뒷면으로 부드럽게 스며들 수 있다는 듯이. 우리는 속도를 늦추지 않고 끝없이 끝없이 그네를 탔 습니다. 그리고 그러다 어느 순간 조금씩 조금씩 노래 가 잦아들기 시작했고 어느 결엔가 서서히 당신이 사라 지고 있다는 것을 나는 알아차렸습니다. 어디선가 작디 작은 운석들이 날아와 내 몸과 부딪치곤 했는데, 그 운 석들은 공기로 만들어진 작고 둥그스름한 모양의 나무, 구름, 바람, 물고기, 꽃, 별과도 같은 모양이었지요. 나 는 특히나 물고기 모양의 운석이 마음에 들었습니다. 그것은 깊은 숲속 절간에서 울려 퍼지는 고즈넉한 풍경 소리처럼 내 마음에 점점 커져가는 동심원 몇 개를 그 려놓았습니다. 그것이 얼굴을 스치듯 지나갈 때마다 나 는 그것들에게도 내면이 있다는 것을, 물고기들은 참 따뜻한 마음을 가졌다는 것을 온전히 느껴 알 수 있었

습니다. 그네는 더 이상 높이 오를 수 없을 정도로 올라
간 뒤에야 느리고 완만한 곡선을 그리며 천천히 지상으
로 내려앉기 시작했습니다. 그네로부터 내려와 지상으
로 발을 내딛는 순간, 어느새 한 시절이 떠나갔다는 것
을 알았습니다.

비가 옵니다. 다시 비가 옵니다. 그곳에도 비가 내
리는지 궁금합니다. 보이지 않는 당신을 그려봅니다. 당
신으로 인해 얼마나 많은 아름다움을 누릴 수 있었는지,
홀로 함께 가득 찬 상태가 어떠한 넓이와 깊이로 충만할
수 있는지를 알게 되어 출렁이도록 행복했습니다. 누구
에게도 발각되지 않는 빛, 둘만의 암호와도 같은 이름을
간직할 수 있게 해주어서 고맙습니다. 보이지 않는 그곳
에서도, 내내 무탈하기를, 내내 아름답기를.

직전의 궤적들

너는 저질러지듯 살았고 빛은 어둠일 때조차 환했다. 기억은 다가오듯 멀어지고 너의 목소리는 겹으로 흐르고 있었다. 구름은 걸어간 이후의 흔적을 대입하기에 좋았다. 신발은 자리를 떠날 수 있는 가능성으로 놓여 있었다. 결국 불안이 너를 죽였다. 두 번 다시 움직이지 않는 신발과 신발 사이에서. 네가 사라지자 나는 남겨진 신발 곁으로 옮겨갔다. 남겨진 것은 거울을 볼 수 있습니다. 남겨진 것은 슬픔을 발견할 수 있습니다. 너무 오래 말을 고르다가 말을 잃어버린 사람. 구름은 하늘 저편에서 구름처럼 흐르고 있었다. 사라지는 것들. 기어이 사라지는 것들. 그러니까 어떤 움직임들. 그러니까 어떤 휴지기와 휴지기 사이에서 솟아나는 잔상들, 잔음들, 물결들, 걸음들. 멀리 구름이 흐르고 있었다. 나는 종이 위에 적힌 문장을 눈으로 따라 읽었다. 읽는 법을 잊은 사람처럼 읽었다. 읽는 동시에 잊어버리는 사람처럼 읽었다.

한낮의 책상 위로 얇고 긴 향이 타오르고 있다. 한 줄기 연기가 춤을 추듯이 날아오른다. 애도의 말이라도 전하듯이 연기는 네가 사라진 길을 따라 나의 미래의 사라짐을 시연하고 있다. 날아가는 것을 따라 고개를 돌리면 창문 너머로 나뭇잎들이 하나하나 차례차례로 보이고. 바람을 따라 나뭇잎들은 흔들리고 흔들리고 흔들리고. 부서지기 쉬운 순간의 빛이 현재의 순간 위에 찰나의 흔적을 각인하고 있다. 사라지는 것 속에서 사라지고 있다는 사실을 오롯이 자각하면서 바라보는 오늘의 길들은 얼마나 아름다울 것인가. 얼마나 아름답고 슬플 것인가.

한 줄기 연기와도 같은 몸짓이 이어지고 있다. 무대 위에는 하나 혹은 둘의 무용수가 있다. 잘 단련된 그들의 팔과 다리는 무수한 궤적을 그려내고 있다. 그들의 몸은 중력을 거스르며 자신의 존재를 초월한다. 그들이 벗어날 수 없는 자신의 몸에서 벗어나려고 할 때. 초월할 수 없는 존재의 조건을 초월하려고 할 때. 정지된 듯 흐르는 선과 선이 정지된 듯 흐르는 시간과 시간으로 변모할 때. 추상적인 시간이 구체적인 공간으로 펼쳐질 때. 그렇게 과거의 기억과 경험이 현재라는 시간과 공간의 물성을 뒤집어쓴 채로 마디마디 몸의 언어로 현현할 때. 나의 영혼이 오래도록 잠들어 있었다는 사실을 문득 일깨울 때. 그때. 마음은 엎질러지는 물처럼 왈칵 쏟아진다.

그리고 그 궤적과 그리 다르지 않은 어떤 음들. 언제나 어떤 음들. 여기 하나의 자음과 하나의 모음을 조합해서 간신히 덧붙여지고 있는 문장들처럼 간신히 간신히 나아가고 있는 하나의 음이 있다. 흐르면서 사라지고 사라지면서 다시 흐르는. 기교와 감성이 절정이던 순간 돌연 은퇴를 선언한 채 자기만의 방에서 조용히 건반을 누르며 생의 나머지를 살아온 피아노의 거장을 카메라는 따라간다.

어느 저녁 시모어 번스타인은 천상의 소리를 좇아가듯 피아노 건반을 누른다. 그가 연주하고 있는 곡은 슈만이 클라라에게 결혼 선물로 전하기 위해 작곡한 〈환상곡 Op. 17〉의 마지막 악장이다. 악곡의 템포나 발상의 표어가 적혀 있지 않은 탓에 피아노 연주자 저마다의 해석이 가능한 그 부분을 그는 마지막까지 힘있게 연주한 뒤에 말한다.

"내 두 손으로 하늘을 만질 수 있다니, 상상도 못했던 일이에요."

사포의 시의 한 구절이기도 한 그의 말은, 가닿기 어려운, 드높은 음악의 자리를, 오랜 세월 수련을 통해서만 간신히 가닿을 수 있는 음악과의 합일을 그대로 보여준다. 그가 연주한 것은 음과 음이 아니라 음과 음 사이의 침묵이었다는 것을. 그가 들었던 것 또한 음과 음의 이어짐이 아니라 음과 음이 사라지기 직전의 궤적에 얹힌 내면의 목소리였다는 것을.

새벽녘 시를 읽는 그대에게

시를 추천해달라는 말을 들을 때마다 그것이 가닿을 고유한 분들을 생각하게 됩니다. 한 편의 시는 모두에게 보편적으로 다가가는 것일 수 없는, 개별적인 사건 그 자체이기 때문입니다. 어떤 이가 어떤 시를 발견하게 된다면, 혹은 어떤 이가 어떤 시를 전하게 된다면, 그것은 바로 현재의 너와 나를 마음 깊이 돌보고 돌아보는 일에 다름 아닐 것입니다. 그렇게 시는 언제나 바로 곁에 있었지만 결정적인 상황을 겪은 뒤에야 혹은 우연을 가장한 필연적 사건을 마주했을 때에야 비로소 불현듯 뒤늦게 찾아드는 무엇이라 여겨집니다.

오늘의 나의 삶이 어둡고 무겁다면 내가 읽는 오늘의 시 한 편이 저 하늘의 찬란한 햇살을 노래한다 해도 그 행간에는 어떤 그늘이, 그러니까 나의 그늘이, 숨어 있는 것이겠지요. 그렇게 우리는 어쩔 수 없이 하나의 시와 조우하게 되고 그 시를 통해서 과거와 현재와 미래의 나를 일순간에 동시에 만난다고 생각합니다. 그것이 때로는 기쁨보다는 아픔에 가까울 수도 있겠지만 당신이 시를 만났다면, 당신이 당신의 어둠을 대면하기로 마음먹었다면, 당신의 영혼은 이전과는 조금 다른 걸음으로, 방향으로, 나아가게 될 것이라 생각합니다.

제 존재의 밑바닥을 들여다보게 될 때 우리에게로 찾아오는 그것. 아픈 말인 동시에 무한히 날아오르는 말인 무엇. 한 편의 시가, 지금 나의 언어로는 말할 수 없는 어떤 말을, 없는 나의 입을 대신해 그 행간의 침묵으로 말해줄 때. 당신이 그 가득한 공백과 여백을 읽고 또 읽고, 찾아내고 또 찾아내게 될 때. 당신은 당신에게도 당신만의 언어가 있었음을, 그리하여 말하지 못한 그 말을 어느 깊은 새벽 홀로 깨어나 백지 위로 옮기게 되는 것은 아닐까요.

시를 만나게 될 때 이전과 조금은 다른 사람이 된다는 믿음, 조금은 더 넓어지고 깊어진다는 것을 저는 제 읽기-쓰기를 통해 경험하고 있습니다. 빛보다 빠른 언어로 뭉쳐진 그것으로 당신의 시선이 새로워지기를. 당신의 마음자리가 드넓게 자유롭기를. 그렇게 삶이라는 이 여행이 그 언어들의 묵묵한 행진으로 인해 조금은 더 즐겁고 굳건해졌으면 합니다.

✽

깊은 새벽, 시를 읽는 당신을 생각합니다. 당신은 당신을 살린 문장을 읽습니다. 당신은 당신을 살릴 문장을 써 내려갑니다. 지금 제 책상 위에는 한 권의 시집이 있습니다. 이제는 세상에 없는 시인이 쓴 시편들을 읽고 있습니다. 저는 어떤 귀한 인연으로 시인을 생전에 몇 번 만났던 적이 있습니다. 단둘만 만났던 자리는 아니었지만 어쩌면 그랬기에 오롯이 시에 대한 이야기로만 가득 채워나갔는지도 모르겠습니다. 이후 각자의 시집이 나올 때마다 우편으로 서로의 시집을 주고받으며 축하와 감사의 인사를 나누거나 드문드문 통화를 나누었던 것이 전부였는데 시인의 죽음을 뒤늦게 듣게 되었을 때 저는 저도 모를 눈물을 왈칵 쏟고 말았습니다. 그것은 짧게 살다 간 아름다운 삶에 대한 추모와 애도의 눈물이기도 했지만 시인으로서의 그 치열함을 더는 만날 수 없다는 사실이 비통했다는 것이 더욱 옳을지도 모르겠습니다.

이제 시인을 볼 수는 없지만 현존하는 육체와는 무관하게 시인은 자신이 쓴 시로 하나의 깊고 높은 정신으로 여전히 내내 지금 이곳을 함께 살아가고 있습니다. 이 도저한 슬픔과 아픔을, 깊은 밤 자주 홀로 소리 없이 흘렸을 눈물을, 말갛게 씻긴 얼굴과 깊어진 두 눈으로 새로이 아침을 열었을 시인의 마음을 생각합니다. 그 마음으로 시인이 바라보았던 시선 그대로 제 곁의 사물과 풍경을 바라봅니다. 그는 이 지상에서 짧은 생을 살다 갔음에도 이미 몇 겹의 삶을 살았을 거라고 저는 생각합니다. 살아가는 내내 자신의 죽음을 예감하는 사람은 죽음 너머를 보는 눈으로 오늘을 바라보는 사람일 테니까요. 그런 눈으로 바라보는 오늘이 그저 선형적으로 흘러가는 평면적인 시공간은 아닐 테니까요.

다시는 볼 수 없는 그 치열한 눈빛을 마음 아프게 바라봅니다. 담담히 써 내려간 그 담담한 슬픔 덕분에 조금은 더 깊은 슬픔을 알게 되었다고, 전할 수 없는 어떤 말들을 뒤늦게 전하여봅니다.

제 책장 한편에는 고통에 천착한 시집들이 모여 있습니다. 그것들은 왠지 표지의 색부터도 깊은 어둠으로 물들어 있습니다. 서로의 몸을 맞댄 채로, 서로의 몸에 의지한 채로, 하나하나의 시집이 하나의 고통의 집을 이룬 채로 그저 그 표지의 제목과 시인의 이름을 읽는 것만으로도 모종의 위안을 줍니다.

시인이 진정한 시인이 되기 위해서는 무엇이 필요한 걸까요. 아니 그는 어떤 시간을 건너오고 견뎌내야 하는 것일까요. 저는 쓰는 사람이라면 감내하고 감수해야 하는 그런 고통과 불행을 시인의 자리로 불러들이고 싶지 않습니다. 그러나 진정한 시인은 언제나 이미 그 어둠을 건너온 뒤였다는 것을 그들의 시를 읽으면서 다시금 확인하게 됩니다.

몸과 마음을 허물어지게 했던 어떤 고통의 기록을 읽습니다. 때때로 어떤 몸의 고통은, 그로부터 오는 영혼의 아픔은, 생동하는 한 생명을 보잘것없는 사물의 자리로 끌어내립니다. 사람이었던 자리에서 사람 아닌 자리로 밀려나는 경험을 하게 되었을 때 사람은 어떤 눈과 어떤 목소리를 덧입게 되는 것일까요.

개별적이고도 보편적인 고통을 건너온 그들의 문장을 읽습니다. 시간을 견뎌낸 증명인 그 문장들을 통해서 안온한 나날에서라면 알 수 없었을 그 너머의 감정을 오늘 이 현재의 순간에 선명히 감각하게 됩니다.

　　인간은 가장 어둡고 낮은 곳에 이르러서야 나의 자리를 넘어 너의 자리로, 생 이전과 이후의 어두운 빛을 발견하게 되는 건지도 모르겠습니다. 어떠한 의도도 과장도 없이 그저 그 자신을 있는 그대로 드러내는 것으로 다른 누군가의 상처를 부드럽게 감싸주는 얼굴이 있습니다. 그럼에도 살아났고 살아냈고 다시 살아나가고 있다고 말하는 문장의 걸음걸음을 따라가다 보면 어느 결엔가 삶 쪽으로 바짝 붙어 있는 자신을 발견하게 됩니다.

어둠 속에서 어둠을 향해

어둠 속에 놓여 있다. 검고 푸른 모니터 빛. 나는 두 손을 가지고 있다. 심장과 머리. 내 앞엔 백지. 아직 말이 되지 못한 말들이 있다. 문장이 되지 못한 문장이 있다. 지금 이 순간, 충만함으로 가득한. 유년 시절의 느낌을 닮은. 한동안 잊고 있었던, 거의 공백 상태에 가까운. 내 삶의 원형. 백지와도 같은, 최초의 경이로운 경험들. 한때는 있었으나 이제는 없는 것. 지금은 있으나 곧 사라질 것들. 유년 시절을 불러들이는 물결과 물결과 물결과 피로와 파도와 피로와 파도와. 별빛을 받아 부서질 듯 위태롭게 반짝이는 밤바다를 어두운 다락방 창틀에 턱을 괴고 앉아 몇 시간이고 몇 시간이고 바라보던 날들.

아홉 살 무렵. 그때 바다는 창문 너머로 몸을 던져도 좋을 만큼 가까이 있었다. 눈물과 허기와 졸음과 거울과 종이와 경탄과 그리움과 침묵 가까이. 몇 년 뒤 다락방을 떠나기 전까지 그것은 내 삶의 전부나 마찬가지였고, 모든 것이 가능하게 느껴지던, 규칙 속의 무규칙 혹은 무규칙 속의 규칙적인 아름다운 배열들. 거침없는 도약과 반복적인 리듬의 변주 속에서 밀려갔다 밀려오는. 거대한. 끝이 없었던. 그야말로 무한성의 실체였던. 아득한 바다를 바로 곁에서 두고 보았던 것은 작고도 큰 축복이나 다름없었다. 매일 보아왔던 물결처럼 그저 쓰는 행위에 중독된 채로 써 내려가던 날들. 그 어떤 독자도 가지지 못했던, 그 어떤 독자도 바라지 않았던 날들. 글쓰기 속에 완전히 침잠된 날들을 다시 불러들이며. 모든 새로운 것은 과거와 현재와 미래를 넘나드는, 회상과 상상의 교집합 속에 숨어 있다는 사실을, 다시 어둠 속에서 깨닫는다.

문장과 문장 사이의 간격을 허용하지 않듯 조밀하게 살아온 날들이 오래되었다. 벌써 몇 년. 이미 몇 년. 방은 어둡고 빗소리만이 가득하다. 단조로운 소리의 질감이 평면의 색깔로 변하는 순간, 음音에서 선線으로, 선線에서 면面으로 펼쳐지는 순간, 그렇게 시적인 공간이 발생하는 순간. 그러면 다만 거기에 들어가 앉아 있으면 된다. 고요히. 떨어지는 폭포수 아래 앉아 있는 기분으로. 가고시마현의 작은 섬. 야쿠섬 깊은 숲속에는 수령 7200년 된 삼나무가 있다는데. 그 삼나무. 조몬스기를 보러 가고 싶은 그런 날이다. 나무든 바위든 돌이든 무엇이든 세월의 더께가 쌓이면 정령이 깃드는 법. 가미かみ. 신. 정령. 참나. 깨달음은 의외로 쉬운데 망각 또한 쉬워서. 어쩌면 온전한 망각이야말로 사람을 살게 하는지도.

책상에 앉아 옴이니 아움이니 하는 익숙한 만트라를 조용히 소리 내어본다. 옴 혹은 아움이라는 소리에는 알 수 없는 에너지가 실려 있다. 비 오는 밤의 창문 너머로 미루나무가 흔들린다. 미루라고 발음하면 휘파람이 불고 싶어진다. 쓸쓸하고 푸르고 환한 휘파람 소리. 바다가 보이는 언덕 위에서 해 질 무렵 혼자 부르는 휘파람 소리. 어째서 미루라는 낱말에는 휘파람 소리가 묻어 있다고 느끼는 걸까. 알 수 없는 단어가 떠오르고. 그 단어에서 알 수 없는 색깔을 보고, 알 수 없는 음을 듣고, 알 수 없는 사물을 떠올리는 일. 낯설고 한산한, 한산하고 낯선, 어두운 상점의 거리를 걸어가면서 그곳이 이미 오래전에 와봤던 곳이라는 사실을 불현듯 떠올리는 일처럼. 혀끝에서 맴도는 이름 하나를 떠올리려는, 되찾으려는 시도에서 오는 마음의 통증들. 잊어서는 안 되지만 잊어버린, 잃어서는 안 되지만 잃어버린, 소중한 기억을 찾아 헤매는 고통들. 나는 그 기억들 위에 약간은 크고 약간은 작은 낱말들을 올려둔다. 늘 그렇듯 제대로 된 낱말들을 제대로 얹지 못하면서. 번번이 실패하는 시도 앞에서. 현재는, 지금 이 순간은, 매번 다시 새로 쓰여야만 하기에. 나는 계속해서 쓰려는 문장보다 몇 걸음 앞서거나 뒤서게 될 것이다.

지난 주말에는 해안가의 새로운 산책 코스를 발굴했다. 바다가 보이는 벤치에 앉아서야 그곳이 십 년 전쯤 누군가와 같이 앉아 있었던 곳이라는 걸 기억해냈다. 우리는 그때 나란히 앉아 음악을 나누어 들었고. 기꺼이 기억해야만 하는 말들을 그저 잊어도 좋은 척 아무렇지 않다는 듯 주고받았고. 그리고 우리는 지금. 그리고 나는 지금. 이미 사라지고 없는 깊고 푸르렀던 나날의 기억 속에서.

175

오늘. 내게 중요한 것은 내 책상 위의 작고 검은 어떤 것들뿐이다. 백지 위에서 새롭게 발생되는 구체적이고도 추상적인 이미지들. 혹은 내가 걸어 다니는 집 앞길이라든가. 이끼가 낀 그늘진 골목 같은 것들. 떠돌이 개나 고양이가 왔다 갔다 하는 풍경들. 나무가 바람에 흔들리며 그려내는 희미한 그림자 정도. 그 정도의 작은 공간들. 그러나 그 작은 공간을 자꾸만 비집고 들어오는, 언젠가 내가 보았던, 스치듯 지나쳐 보았던. 아니, 명료하게 보았던, 명료하게 알아차렸으나 모호하게 뒤섞이도록 내버려두었던 이미지들. 일부러 잃어버렸던, 잊어버렸던. 너와 너와 너의 어쩌지 못하는, 어쩔 수 없는, 그런 표정들. 그런 표정들은 왜 자꾸 나의 백지 위로 흘러들어오는 건지. 그런 흔들림이, 희미함이, 연약함이, 아득함이, 흐느낌이, 시리고 쓰린 마음이, 이름 붙여보고 싶은 스쳐 지나침이, 계속해서 무언가를 쓰게 만드는지도 모르겠다고 생각하면서. 그렇게. 내 안의. 내 앞의. 작은 공간 속에서. 다만 조용히. 은밀한 즐거움을 느끼면서. 문득문득 스미는 듯한 슬픔을 느끼면서. 때때로 날아갈 듯한 자유함을 느끼면서. 순간과 순간의 쓸쓸함을 흘려보내고 흘려보내면서. 읽고 쓰고 보고 들으면서. 내 마음의 드넓은 우주를, 그 깊은 우물을 들여다보고 싶을 뿐. 그저 그럴 뿐.

어느 결에 죽은 듯이 잠이 들었고. 얼마간의 잠 속의 얼마간의 꿈. 눈을 뜨니 새벽 네 시 반. 페이지를 넘긴다. "숭고함의 요소 중 가장 으뜸은 폐허이다. 그리고 이 폐허는 반짝이는 하이라이트와 짙고 어두운 그림자 사이의 비극적인 교차로 나타난다." 그리고 몇 개의 도판. 몇 페이지 건너 뛰어. "내가 던지는 것은 공기이고, 혹은 음파입니다. 그것은 사람들에게 도달합니다. 움직임을 가질 때 언어 또한 조각적입니다. 말을 할 때 입에서 일어나는 현상도 조각입니다. 사람들은 그것을 조각으로 보지 않지만, 공기가 움직이고 성대가 움직이며 구강이 운동을 합니다. 나에게는 생각도 조각입니다. 생각은 언어만이 아니라 쓰기도 포함합니다. 근본적으로 조각 자체보다는 하나의 조각이 발생하는 시점이 더 흥미로운 것입니다." 『미술사와 근현대』 속에 적힌 요제프 보이스의 언어에 대한 견해들. 또다시 몇 페이지 건너뛰어. 앞으로 혹은 뒤로. 그리고 또 다른 책으로.

　　"기억은 과거를 현재 속으로 연장시킨다. 왜냐하면 우리의 행동은 기억으로 가득 찬 우리의 지각이 과거를 응축시키는 정확한 비율로 미래를 처분할 것이기 때문이다. 받아들인 작용에 대해 그것의 리듬에 꼭 맞으면서 같은 지속으로 연속되는 직접적인 반작용으로 답하는 것, 현재 속에서 존재하는 것, 끊임없이 다시 시작하는 현재 속에서 존재하는 것, 바로 이것이 물질의 근본적인 법칙이다. 필연성이란 이 사실로 이루어진다." 앙리 베르그송의 『물질과 기억』을 넘어. 그리고 다시 이리저리 건너뛰어 또 다른 책으로. 그리고 몇 페이지를 쓴다. 그리고 또 다른 책으로. 몇 페이지를 더 읽는다. 몇 페이지를 더 쓴다. 그 무엇도 읽지 않고 그 무엇도 쓰지 않는다. 눈앞의 백지 위에서 검은 벌레들이 기어간다. 그러다 작은 구멍 속으로. 작은 구멍 속의 구멍 속으로. 사라진다. 사라진다.

잠에서 깨어 머리맡의 수첩을 펼쳐 연다. 눈을 뜨기 몇 시간 전 꿈결에 적은 문장은 이런 것들. '언어의 분출. 분출하기 위해. 아니, 분출을 지연시키기 위해. 멈추고 있다. 참고 있다. 삼키고 있다. 움켜쥐고 있다.' 세 줄 건너뛰고. '낱말을 발명하는 사람의 입술 주름에 대해 생각하는 아침입니다. 자신이 무엇을 생각해보기로 했는지 잊어버린 노파처럼. 노파의 그 입술 주름처럼. 내 입술 주름을 만져보기 위해. 영원과도 같은 시간 속을 비집고 손가락 하나를 천천히. 내 입술 주름 위로 가져가겠지요. 영원이 스쳐 지나가는 순간을 목도하게 되는 그런 순간의. 어떤 간격. 접힌. 시간 혹의 언어의. 미세한 주름들을 펼쳐보려는 그런 순간의. 그 순간의.' 등등. 알아볼 수 없이 흘려 쓴 문장들이 적힌 시작 노트들. 작은 나뭇잎 조각과도 같은. 어쩌면 쓸모없는. 문장을 쓰자마자 잠들었고 이어지는 짧은 꿈들. 벌레들, 벌레들, 벌레들. 벌레들이 나무에 작고 둥근 열매로 매달린 채로 웃고 있었고. 가까이 가서 보니 웃으면서 울고 있는 얼굴. 울면서 웃는 것과 웃으면서 우는 것에 대해.

178

그 미묘한 차이에 대해 나는 잘 알고 있지. 옆에 서 있던 마망에게 꿈속의 나는 말한다. 마망이라니. 엄마라는 단어와도 가까운 이 낱말은 또 어디에서부터 내게로 온 것인지. 모국어는 구어체에는 어울리지 않습니다. 그것은 우리를 저 근원으로 이끄는, 저 근원 너머로 우리를 재촉하는, 오래도록 묻혀 겹으로 쌓인 말이기에. 아니오, 그렇기에 모국어야말로 온전히 구어체의 세계에 속하는 것인지도 모릅니다. 나와 나와 나의 무수한 대화 속에서.

몇 달째 읽는 것들이라곤 선禪에 관한 책들뿐. 이승훈 선생의 『아방가르드는 없다』『라캉 거꾸로 읽기』를 다시 펼쳐 읽는다. 글을 쓰고 쓰고 쓰다 보면 사람들은 결국 꽃을 본다. 사람들은 결국 공空을 본다. 그 공空이란 건 비어 있음, 혹은 의미 없음이라는 것과는 다른 층위의 말일 텐데. 완전히 텅 빈 마음을 가진다는 것. 우리가 마음이라 부르는 그 마음이란 것도 실은 다 허상일 뿐이라는 것을. 거울 같은 마음을 가진다는 것. 비추는 그대로를, 사물과 세계의 본성 그대로를 분별없이 직관적으로 받아들인다는 것. 그래서 공부가 깊어지면 사람들은 깊은 산속으로 숨어들거나 자신만의 작은 방에 머무르거나 점점 더 말수가 줄어드는 걸까. 나는 어디까지 나아갈 수 있을까. 어디까지 흘러가서 어디까지 가서 죽을 수 있을까.

생각난 김에 책꽂이에서 『슬픈 열대』를 꺼낸다.

밑줄 친 부분들만 넘겨 읽는다. 다음은 무수한 밑줄 중 하나.

많은 언어 행위는 무의식적인 사고의 수준에서
이루어진다. 우리가 보통 대화를 할 때, 우리는 언어의
구문론적·형태론적 법칙을 의식하지 않는다.
우리는 보통 상이한 의미를 전달하기 위해 사용하는
음운 혹은 음운론적 대립을 의식하지 않는다. 더욱이
이 같은 의식의 부재는 우리가 언어의 문법이나
음성학을 깨닫게 되었을 경우에도 마찬가지이다.
그렇다면 우리는 언어에 관한 한 관찰과 현상에 관한
관찰자의 영향을 두려워할 필요가 없다. 왜냐하면
관찰자는 단지 그것을 의식한다고 해서 그 현상을
수정할 수는 없기 때문이다. [5]

번역투 특유의 문장 때문이기도 하겠지만 어딘가 공허하게 읽힌다. 그럴듯하지만 텅 빈 문장들에 대해 생각한다. 그러나 텅 빈 문장 아닌 문장도 있습니까.

깊은 새벽. 어둠 속에 놓여 있다. 언어가 실재의 관념을 그대로 표상하지 않는다는 생각. 시라는 것이, 의미 너머의 어떤 것, 문자로 된 리듬이 아닐까 하는 생각. 잘 조율된 단어와 단어, 문장과 문장 사이의 간격과 호흡으로부터 다시 발생되는 의미의 강세를 헤아려 고르

면서. 저마다의 심장 박동 소리나 언어의 리듬을 통해
심정적인 타격감 같은 것, 심리적인 고양감 같은 것을
줄 수 있으면 좋겠다라고 생각하면서.

멀리, 보이지 않는 바다를 본다. 끊임없이 흐르는
물결들, 물결들, 물결들. 눈을 감는다. 어둠 속에서, 어
둠을 향해. 나는 다시 어둠을 본다. 이전에는 보지 못했
던 어둠을, 새롭고도 환한 어둠을. 그것을 쓴다. 그것을
다시 쓴다. 현재 속에서 존재하는 것. 끊임없이 다시 시
작하는 현재 속에서 존재하는 것. 다시 어둠 속에서. 어
둠을 향해.

이미지는 언어를 요구한다

글렌 굴드는 오래도록 북극을 꿈꾸어왔다. 자신의 진정한 자아를 대변해줄 수 있는 곳. 혹은 살아가는 내내 걸어가야 할 지표가 되어주는 곳. 스무 살 무렵, 글렌 굴드가 연주한 바흐의 〈골드베르크 변주곡〉을 들은 이후로 굴드는 내게 오랜 세월에 걸쳐 반복해서 찾아가는 무한의 장소가 되었다. 해마다 몇 개월에 한 번씩은 굴드가 연주한 〈골드베르크 변주곡〉을 반복해서 찾아 듣곤 했는데. 첫 데뷔 앨범이기도 한 1955년 녹음 버전과 그로부터 거의 삼십 년이 지난 뒤에 녹음한 1981년 앨범까지. 경쾌하고도 급박한 리듬으로 흘러가는 초기 앨범을 건너와 완만한 호흡과 깊이가 스며 있는 후기 앨범 사이를 반복해서 오가는 동안 나는 한 사람의 예술가가 어떤 방식으로 자신의 예술 속으로 몸소 사라지기를 실천했는지 목격했다고 느꼈다. 오래도록 꿈꾸고 그렸던 북극에 대한 그의 희원에 대해서도. 순백의 얼음이 끝없이 펼쳐지는 구체적인 장소로서도 매료되었겠지만 무엇보다 굴드에게는 제 영혼의 상징으로서 어딘가 저 멀리에 있는, 결코 가닿을 수 없는 춥고 어둡고 고독한 땅으로서 북극이 필요했다는 사실을.

조지아 오키프가 사랑했던 뉴멕시코의 황토빛 언덕도 이와 다르지 않은 영혼의 정수와도 같은 곳이다. 사십 대 무렵의 조지아 오키프는 우연히 뉴멕시코를 여행한 이후 그곳에서 자신을 확장시켜줄 무언가를 발견한다. 뉴욕에서의 활동을 접고 온전히 뉴멕시코로 돌아와 안착했을 때, 오키프는 뉴멕시코의 언덕과 산야를 산책하듯 탐험하며 그 자신도 알 수 없는 순수한 기쁨과 함께 희고 마른 동물의 뼛조각들을 주워 모은다. 그것들은 쌓여 가는 세월과 함께 후기 작업의 중요한 오브제이자 메타포가 되어 삶과 죽음을 명상하는 하나의 방식이 된다. 사람들은 자신만의 장소를 꿈꾸며 살아간다. 그러나 스스로 인지하지 못할 뿐 오래전부터 자신들이 원하고 꿈꾸는 장소를 이미 살아가고 있는지도 모른다고, 깨닫지 못했던 자신의 무의식이 자신의 삶을 온전하고도 완전하게 계획하고 이끌어왔음을 문득 깨닫게 되는 순간이 오리라고. 나는 내가 놓여 있는 장소가 오래도록 그려왔던 바로 그곳이라는 사실을 믿고 싶어서 현재의 순간을 믿는다.

누구와도 나눌 수 없는 감정. 누구와도 공유할 수 없는 장소. 그 공간 속에서 누군가는 아무도 보지 못한 색을 보고 또 누군가는 아무도 듣지 못한 소리를 듣는다. 어떤 이는 텅 빈 극장 속 어둠이 주는 작은 위안이 필요해서 영화 속 장면과 대사를 그저 흘려보내며 몇 편이고 몇 편이고 영화를 본다. 또 누군가는 알 수 없는 이유로 알 수 없는 골목에 도착한 채로 이해할 수 없는 내적 충동과 알 수 없는 기시감 속에서 몇 시간이고 몇 시간이고 낯선 골목을 반복해서 오간다. 사람들은 낯설고도 낯익은 장소 앞에서 낯설고도 낯익은 여러 개의 자신으로 살아간다. 나는 무수한 사람들과 사물들과 장소들 사이에 있는 무수한 나를 본다. 나인 너를 보고 다시 너인 나를 본다. 사람이 사물인 채로 정지해 있다고 느껴지는 순간. 혹은 사물이 사람의 얼굴을 덧입고 있다고 느껴지는 순간. 그때 그 시선은 누구의 시선일까. 그리고 그 실체 없는 사람과 사물은 다 무엇일까.

　　나는 언제나 그것들을 그것들이 원하는 장소로 데려다주고 싶다고 느끼곤 했다. 이때의 장소는 구체적인 지명을 가진 공간이 아니다. 또한 가상으로 지어 올린 상상의 공간과도 다른 무엇이다. 그것은 그저 언어 그 자체이다. 한 편의 시에서 언덕을 말할 때 '언덕'은 구체적인 높이와 깊이를 가진 실제적인 공간이 아닌, '언덕'이라는 단어에서 촉발될 수 있는 무수한 이미지를 뒤집어쓴 채로 순수하게 오해되고 있는 '언덕'이라는 단어 그 자체이다. 그렇게 언어로부터 발생하는 감각과 감정과 사건, 그리고 우리가 끝내 알지 못할 이전과 이후의 기억의 총합이 종이 위에서 펼쳐질 때. 나는 종이 위로 앞서가는 풍경을 눈앞의 실제보다 구체적으로 느끼곤 한다. 마치 조지아 오키프가 작고 둥근 짐승의 골반뼈를 조리개 삼아 바라본 고스트 랜치의 풍경을, 그만의 감각으로 재구성하여 화폭 위로 구현해낼 때, 어쩐 일인지 그것이 실제의 풍경보다 더욱더 세계의 본질에 가깝다고 느껴질 때처럼.

오늘 다시 무수한 시선을 겹으로 껴안은 채 문자로 이루어진 풍경 속으로 걸어 들어가는 누군가가 있다. 그 누구도 아닌 것. 그 무엇도 아닌 곳. 이런 의미 없음이야말로 존재의 가장 근본적인 상태라는 인식 앞에서. 옳고 그름이라는 보편적인 판단과 무관하게 세상의 모든 존재들은(삶의 마지막에 이르러 도착한 곳이 혹여나 자신이 바랐던 그곳이 아니라 해도 결국 그 모든 순간순간을 감내하면서 나아간 용기 덕분으로) 있는 그대로의 아름다움으로 귀결되리라는 오랜 희망 속에서. 그때 나의 내면에서 다른 누군가의 것인 듯 움터오는 목소리가 있어 나 자신조차 알 수 없는 오래전 미래의 장소로 다시 나를 데려다놓는 것이다.

언어가 혼으로 흐를 수 있다면

주저하고 망설이며 종이 위를 건너간다. 텅 빈 종이 위에 낱말 하나를 놓는다. 낱말 옆에 또 다른 낱말 하나를 놓는다. 낱말과 낱말이 이어진다. 문장과 문장이 이어진다. 흰 종이 위에 하나둘 언어가 내려앉으면 무언가 흐르기 시작한다. 문장 자체를 달리게 하는 기운이 생겨난다. 리듬이 발생한다. 비로소 시가 시작된다. 비로소 시가 시를 시작한다. 언어와 언어가 모여 간신히 시에 가까운 무언가가 되어갈 때 낱말은 이전과는 다른 낱말이 된다. 이전과 같지만 이전과 다른 말이 온다. 다른 소리가 온다. 다른 의미가 온다. 말과 말 속으로. 말과 말 사이의 침묵 속으로. 나는 적는다. 무엇이라 불러야 할지 모를 그것 위에서. 나는 적는다. 나를 끌고 가는 보이지 않는 언어의 몸속에서. 어느새 사라지고 있는 말의 기운을 느끼면서. 아직 나타나지 않은 말과 말 사이를 헤아려보면서. 이제 막 나타나려는 말과 말 사이를 미리 내다보면서. 그것이 온다. 그것이 흐른다.

다시 리듬을 묻는다. 리듬에 대해 묻는다는 것은 시에 대해 묻는 일에 다름 아니다. 그러나 이미 흘러가버린 리듬에 대해 어떤 말을 할 수 있을까. 공식도 모른 채 직관에 의지해 답을 풀어낸 고차방정식을 앞에 두고 해답에 이르게 된 연산의 규칙을 도출해내라는 요구처럼 들린다. 부지불식간에 흘러간 정신의 행방을, 내면의 향방을, 한번 지나가버린 언어의 박동을, 목소리의 문양을, 영원히 뒤따라갈 수밖에 없는 그것을 어떻게 다시, 앞지르듯 뒤쫓아가, 나아가듯 되돌아가, 말해볼 수 있을까.

시편들 전체를 아울러 말해볼 수 있는 일관된 리듬 같은 것은 없다. 그저 저마다의 고유한 운동이 있을 뿐이다. 호흡이 있을 뿐이다. 단속적인 시간을 가로지르는 영속적인 공간이 있을 뿐이다. 어렴풋하게 말해볼 수밖에 없는 무한한 숨결이 있을 뿐이다. 그것들은 어느 순간 어떤 연유로 자연스럽게 그러나 실은 의도적으로 일어나고, 발생하는 동시에 사라진다. 사라지면서 내가 알던 낱말들은 다른 무언가로 바뀌어간다. 내가 알던 사물들은 다른 빛과 형태를 덧입는다. 내가 익히 들어왔던 세계의 목소리들은 또 다른 겹을 감싸 안으며 자신의 음역을 넓혀나간다. 시가 알 수 없는 관성의 영향 아래 있기라도 하듯 스스로 제 몸을 끌고 가기 시작할 때. 구체적으로 보이는 몸이 되어 달려갈 때. 다성적인 아우성처럼 들려오는 혼이 되어 울려 퍼질 때. 찰나에 발생하면서 사라져버리는 시공의 한가운데 있을 때. 그때. 언어가 몸을 얻을 때. 언어가 혼을 얻을 때. 그때. 언어는 무엇인가. 언어는 무엇이라 불리는가. 그때. 세계는 어떻게 무엇으로 물결치는가. 너와 나는 어떤 울음으로 일렁이는가.

시의 리듬은 종종 음악의 질감과 유사한 무엇으로 여겨지곤 한다. 같은 맥락에서 음악 장르에 빗대어 시의 어조를 말해보자면 어떤 시는 가벼운 걸음의 왈츠와도 같고 어떤 시는 증폭된 음들이 사정없이 휘몰아치는 하드록 넘버와도 같다. 또 어떤 시는 명상적 분위기를 띠는 앰비언트 사운드와도 같고 어떤 시는 거대한 정신을 펼쳐 보이는 장엄한 클래식의 음률과도 같고 어떤 시는 먼 산 너머로 기우는 노을을 보며 부르는 쓸쓸한 휘파람 소리와도 같다. 음계도 박자도 적혀 있지 않은 종이 위에서 언어가 소리와 색조를 띠게 되는 것. 말들의 풍경이 빚어내는 소리와 색감에 젖어들게 될 때. 무수한 단어들이 적혀 있음에도 텅 비어 있다고 느껴지는 빈 종이 위의 수다한 흔적을 발견하게 될 때. 우리는 그 종이 위에서 낯설고도 낯익은 감정과 정서를 느끼게 된다. 반복되는 운율의 규칙성으로 인해 발생하는 음악적 특성을 넘어서는, 낱말과 문장이 달려나가면서 토해내는 말들의 정념이라고만 하기에도 부족한, 어떤 의미로 번져나가는 언어의 울림과 윤곽과 굴곡들.

　음악에 대해 말할 때, 음악을 이루는 구조 속 낱낱의 세부에 대한 감상만으로 그 음악을 온전히 설명할 수는 없을 것이다. 정교하게 훈련된 청음 능력으로 화성이나 음정, 박자의 요소요소들을 따로 떼내어 짚어 볼 수는 있겠으나 그것만으로 음악을 온전히 지시할 수는 없다. 리듬과 선율, 음색, 악곡의 구조 등 음악을 이루는 부분의 총합을 넘어 모든 요소의 총합의 총합으로 확장되어 나아가기 때문이다. 특히나 시의 영역에서는 더욱 그러한 것으로 여겨지는데, 이때 리듬은 시의 전체를 관통하며 흐르는 무엇인 동시에, 시를 이루는 한 부분, 하나의 층위로서 먼저 선행되는 기능을 가진다. 리듬은 유사한 단어의 반복이나 통사 구조의 규칙적인 흐름으로 발생하는 음악으로서의 한 부분이 아니다. 시 전체를 아우르는, 문장과 문장 사이의 공백, 띄어쓰기와 띄어쓰기 사이에서 오롯이 제 모습을 드러내는, 숨과 숨, 구멍과 구멍, 여백과 여백까지 품고 있는 무엇이다. 절정을 향해 점층적으로 나아가는 멜로디 속에서 의도하지 않은 낮은 한숨과도 같은 날것의 목소리가 불쑥 끼어들 때. 조화롭게 흘러가는 음과 음 사이로 무심한 듯 불협화음 한 줄이 얹어질 때. 어딘가 과하거나 부족하게 느껴지는 음률과 박자의 도약과 균열로 인해 오히려 음악의 전체적인 분위기가 뜻밖에 풍요롭게 완성되면서 정신적 고양 상태로 진입하게 되는 것처럼. 시 안에서 언어가 있는 그대로 절룩거리는 제 자신의 걸음으로 공백을 열어 보이며 부풀어 오를 때. 드러낼 수 없는 존재의 심연을 열어 보이듯 언어의 심연을 열어 보이며 잦아들 때. 그렇게 문장과 문장은 자신이 걸어온 길을 되짚어가며 의미의 관습을 넘어 자신의 무게를 담보해내기 위해 무수한 허사들을 데려온다. 절룩거리는 걸음을 아주 작은 목발 하나에 의지하듯이. 스스로가 요구하는 바로 그 자리에서. 거기 그 자리에 있어서는 안 될 것 같지만 실은 꼭 필요한 낱말인 무언가를 흰 여백 위로 데려온다. 숨구멍을 틔우기 위해. 미처 알지 못하는 미지로 걸어나가기 위해. 그렇게 이상한 휴지기와도 같은 간격을 만들어내며 언어가 머뭇거릴 때, 리듬이 현현했다고 말할 수 있는 그런 순간 속에서야말로 우리는 제대로 시에 대해 숙고해볼 기회를 가지게 되는지도 모르겠다. 매 순간 새롭게 도착하는 최초의 리듬 앞에서, 최초의 시 앞에서, 다시금 한 발 한 발 시의 안과 밖으로 나아가면서, 물러나면서.

　　다시 문장과 문장 사이로 무언가가 내려온다. 무언가가 내려앉는다. 내려앉으면서 이미 써 내려간 문장들을 지워나간다. 지워나가면서 다시 나아간다. 리듬은 스스로 유예시킨 말들의 자리 위로 조금씩 몸을 드러내고 있는 시의 그림자이다. 시 스스로 그토록 뒤따라가 밝혀내기를 바랐던 억양과 강세에 다름 아닌, 문장과 문장, 목소리와 목소리, 삶과 삶 사이의 고유한 울림이다. 좁혔다 넓혔다 멈추었다 나아갔다 하며 언어가 제 자신의 보폭을 자유자재로 조율해내면서 시적인 공간을 열어 보여줄 때. 언어가 스스로 그토록 되길 바랐던 바로 그 미지의 목소리가 될 때. 그때 리듬은 사유 그 자체를 드러내는 운동이다. 시의 정신이자 시의 몸이다. 리듬이 흘러넘칠 때 언어는 움직여간다. 관념을 표상한다고 믿어왔던 언어의 보편적인 기능은 간단히 취소되고 취합된다. 시의 자리로 옮겨온 언어는 이미 문맥 속에서 이전의 소리와 의미와는 다른 공기를 품고 있기 때문이다.

그렇게 언어는 시의 몸을 입은 채로 자신을 옭아매고 있던 오래된 그늘을 지워내고 한없이 자유롭게 날아오르는 추론의 언어로 탈바꿈하기 시작한다. 리듬 속에서. 언어의 유령이. 존재 없는 존재가. 목소리 없는 목소리가. 서서히 일어난다. 서서히 일어났다 다시 사라진다. 그럴 때. 낱말은. 시는. 읽는 것이 아니라 듣는 것이다. 읽히는 것이 아니라 들리는 것이다.

다시 언어가 요구한다. 언어가 무언가를 요구하면서 달린다. 리듬은 시가 스스로 원하는 간절한 감정이다. 어쩔 수 없는 흔들림이다. 그럴 수밖에 없는 머뭇거림이다. 다시 되돌아오는 더듬거림이다. 언어가 행위하는 것. 언어가 사유를 수행하는 것. 리듬은 언어가 평면적인 백지 위에서 입체직인 몸으로 바뀌어가는 것임을 증명한다. 나는 멈춘다. 나는 숨을 고른다. 나는 다시 적는다. 말의 리듬이 몸의 리듬을 드러낸다. 몸의 리듬이 말의 리듬으로 드러난다. 언어가 혼으로 흐를 수 있기를. 언어가 혼으로 이를 수 있기를. 리듬 속에서. 리듬이 되어.

종이의 영혼

모종의 맹렬함으로 겨울의 눈을 훑고 있다. 몸은 허기지고 정신은 맑다. 가난하고 외롭고 높고 쓸쓸한 것들을 생각하기에 좋은 계절이다. 이즈음의 종이들은 창백한 빛을 띠고 있다. 지리멸렬함 속에서 울고 있는 백지. 떨고 있는 백지. 휘날리는 백지. 백지는 백치의 언어로 어두워져가고 오늘은 어제보다 조금 더 검거나 조금 덜 붉을 것이다. 그동안 내가 낭비해왔던 소모해왔던 소진해왔던 모든 종이들. 구겨지고 찢기고 낱낱이 흩어진 그 모든 종이들. 그것들은 과연 어디에 무엇에 소용이 있었던 걸까. 대체 무엇을 말하고 싶었던 걸까. 종이에 영혼이라는 것이 있다면. 그런 것이 있다면. 끝없는 불확신 속에서 불만족 속에서 다시 또 처음으로 처음으로 되돌아가라고 되돌아가야 한다고 말하고 싶었을까. 옷깃에 붙은 검불을 떼어내듯 하얀 종이 위에 새겨진 검은 잉크 자국들을 떨구고 싶었을까 지워내고 싶었을까.

　　나는 이 종이들로부터 언제나 너무 멀리 있다. 아니, 언제나 너무 가까이 있다. 그러나 가까이 있다고 느끼는 순간 또다시 멀어진다. 말하려는 순간, 말해지는 순간, 또다시 멀어진다, 사라진다. 나는 그저 바라본다. 손쓸 도리가 없다. 이를테면 이런 것들. 이른 아침 나무들 사이로 햇살이 비친다. 햇살을 받으며 나뭇잎들이 흔들린다. 한 번 흔들리고 두 번 흔들리고 세 번 흔들리고. 흔들릴 때마다 사라지고 흔들릴 때마다 사라지고 흔들릴 때마다 사라지고. 매 순간 사라져가는 어떤 반짝임 움직임 속삭임들. 자꾸만 어딘가 바깥을 바라보게 되는 무수한 시간들 위로 저기 저곳이 여기 이곳과 겹쳐 흘러가고 있다. 그럴 때면 자라나는 이곳과 저곳 사이의 거리. 이곳과 저곳 사이의 공간. 나는 그것들이 사라진 길을 바라본다. 흔적들로만 남은 것들. 이제는 없는 것들의 희미한 얼룩을 바라본다. 그것들을 백지에 적는다. 아무것도 없다라고 쓴다. 아무것도 없다라고 쓰면서 흔적을 끌고 간다. 아무것도 말할 수 없다라고 쓰면서 그것들의 얼룩을 새긴다.

어제 나는 당신의 이름을 적었다. 백지 위에. 백지 위에 백 번을 적었다. 그 누구도 당신의 이름을 모르도록. 백지가 다시 백지가 되도록. 반복해서 반복해서. 오늘 나는 당신의 이름을 적었다. 백지 위에. 다시 백지 위에. 다시 백지 위에 당신의 이름을 백 번 적었다. 오직 나만의 이름이 되도록. 그러나 나는 당신의 이름을 모른다. 어제의 당신이 오늘의 당신이 아니기에. 오늘의 당신이 내일의 당신이 아니기에. 당신은 언제까지나 유보된 문장으로 존재한다. 당신은 늘 새롭게 쓰여야 한다. 나는 내가 썼던 당신의 이름을 다시 말하기 위해, 고쳐 말하기 위해, 당신의 이름을 쓴다. 반복해서 반복해서. 어제 죽은 당신을 살려내는 하나의 주술처럼. 의성어가 의태어가 될 때까지. 의태어가 의성어가 될 때까지. 명사가 동사가 될 때까지. 동사가 명사가 될 때까지. 형용

사가 부사가 될 때까지. 부사가 형용사가 될 때까지. 그
모든 것들이 자신의 자리를 바꾸고, 자신의 자리를 뒤섞
고, 자신의 향방을, 행방을 모르게 될 때까지. 다시 그 자
신이 될 때까지, 온전히 그 자신이 될 때까지. 어김없이
그러나 매번 조금씩 다른 각도로 떠오르는 태양처럼. 마
치 폭죽처럼. 시시각각 터지는 빛의 축제처럼.

빛들이 몰려온다. 붉은빛, 푸른빛 혹은 둥글고 각
진 빛들이. 급박하고도 느린. 느리고도 급박한 호흡으
로. 살아 있는 맥동처럼. 존재의 진동이. 무한한 우주의
리듬이. 그것은 의미의 세계를 초월하여 몸으로 바로 육
박해 들어온다. 당신은 살아 있는 존재라고 말한다. 당
신 속의 고유한 울림을 들으라고 말한다. 두드린다. 두
드린다. 무언가가 두드린다. 나는 걷는다. 나는 달린다.
이 흔들림. 이 움직임. 이 진동하는 얼룩들을 무엇이라
말할 수 있을까. 그 모든 관념들을 뛰어넘어 즉각적으로
당신 스스로를 밝혀내는 이것들을 무엇이라 부를 수 있
을까. 길이 있고 숲이 있고 들판이 있고 바람이 있고 구
름이 있고 언덕이 있다. 알 수 없는 리듬과 함께 나타났
다 사라지는 중첩된 풍경들. 무언가가 두드리고 간다.
나는 그것이 무엇인지 모른다. 그것이 어디에서부터 오
는지 모른다. 떠오르다 휘감기는 것. 휘감기다가 사라지
는 것. 다시 백지가 되는 것. 다시 백치가 되는 것. 최초
의 경험 앞에서 가슴 설레며 두근대는 아이들의 심장박

동 그 자체가 되는 것. 단어를 처음 배우는 아이들처럼 자신만의 감각으로 발견해낸 문자의 형태적 음운적 패턴에 자신도 모르게 이끌린 채로 자신만의 규칙으로 낱말 카드를 배열하느라 갑자기 바빠진 손가락의 리듬 자체가 되는 것. 잃어버렸던 세계와 존재의 경이로움을 다시 발견하게 하는 것. 나라는 존재의 심장박동을 분명하게 느끼는 것. 다른 누구도 아닌 바로 그 자신으로 살아 있는 것. 바로 그 자신으로 살아가게 하는 것.

나는 지금 없는 언덕에 앉아 타오르는 노을을 바라보고 있다. 저녁노을이 있다면. 붉은. 미친 듯한. 내 눈에 그런 것이 보인다면. 그런 노을이 실제로 내 눈앞에 있다면. 벅찬 마음을 벅찬 마음으로 뒤덮으며. 보다 적확한 단어를, 보다 적확한 문장을 찾으려는 안간힘. 그러나 그것은 단 한 번도 제대로 말해지지 않는다. 제대로 말해지지 않을 것이다. 없는 언덕. 없는 저녁노을. 허수虛數를 상상하듯 없는 것을 바라보는 눈. 오늘 나는 없는 당신의 없는 이름을 다시 쓴다. 그리고 지운다. 얼룩을 닦듯 지우고 새로운 얼룩을 만들 듯 쓴다. 당신과 나는 말해지지 않는 얼룩으로 한몸이 된다. 당신에 대해 말하려는 내가 바로 당신이 아니라면 나는 또 누구란 말인가. 그리하여 당신이 내가 아니라면 당신은 또 누구란 말인가. 다정한 빛이 얼굴 위로 천천히 내려앉는다. 누군가의 따뜻한 손 같은 오래전 우리의 두 손이. 다정함 속의 다정함 속엔 이제는 없는 다정함만이 남아 있구나. 종이의 영혼은 당신의 없는 이름을 가리키고 있는 이 모든 망설임과 더듬거림을 지켜본다. 지켜볼 것이다. 그리고 이 희미한 흔들림을 백지 위에 남겨놓는다. 흔들리는 그대로를 드러낸다. 흔들리는 그것만을 드러낸다. 깨달은 백치라고 적었던 바로 그 종이 위에. 또다시 알 수 없게 되어버린 바로 그 종이 위에. 나는 그 개의 이름을 모른다. 매듭이 이름인 것처럼 목에 걸려 있다.

백지는 삭제된 문장을 품고 있다

위안 없는 밤이다. 사물들은 잠들어 있다. 사물들의 어 렴풋한 윤곽이 어제의 잔상처럼 어둠 속에서 일렁인다. 눈 감기 전에 보았던 모서리와 모서리들이 서로의 몸 속으로 스미듯 사라진다. 그것들은 고유의 색깔과 형태 를 그들만의 비밀 속으로 다시 한번 가둔다. 누구도 보 지 못한 점과 선과 면의 세계. 은유의 뼈대. 명료한 구 체성의 소용돌이 속으로 사물들은 다시 한번 자취를 감 춘다. 아침이 오고 다시 빛이 시작될 때, 내면을 비추는 눈동자가 깨어날 때, 그것들은 다시 한번 몸을 바꿀 것이 다. 움직이지 않은 채로, 움직이지 않는 채로, 다른 빛을 발할 것이다. 다른 소리를 낼 것이다. 다른 용도를 욕망할 것이다. 다른 이름을 요구할 것이다.

새벽은 길다. 아침이 오려면 몇 시간은 더 소모해 야만 한다. 침대 곁에는 탁자가 놓여 있다. 탁자 위로 손을 뻗는다. 탁자 위의 사물들은 여전히 그 자리 그대 로 놓여 있다. 새벽의 빛은 전날의 빛을 드리운다. 기억 하고 있던 사물의 그림자를 두 눈이 더듬어 내려가도록 어둠은 가만히 기다려주고 있다. 나는 손을 뻗는다. 잡 으려고 한다면 몇 개의 사물을 잡을 수 있을 것이다. 펼 쳐진 채로 닫힌 백지를 만질 수도 있을 것이다. 백지는 삭제된 문장을 품고 있다. 삭제된 문장은 되살아날 수 도 있을 것이다. 백지 위에는 연필이 놓여 있다. 그러려 고 한다면 나는 연필을 집을 수도 있을 것이다. 어떤 문장을 좇아 여백을 채워나가던 한 자루의 연필을 집을 수도 있을 것이다. 그러려고 한다면 잠들기 직전까지도 불러들이지 못했던, 들리지 않는, 보이지 않는, 그 문장을 손에 쥘 수도 있을 것이다. 그러나 연필은 여전히 문장을 감추고 있다. 연필은 텅 빈 채로 탁자 위에 놓여 있다. 탁자 위에는 가능한 모든 사물들이 놓여 있을 수 있다. 탁자는 가능한 한 모든 사물들을 수용할 수 있다. 절대적으로 필요한 몇 개의 단어만을 제외하고, 탁자는 그 모든 사물들이 자신의 자리를 넓혀가는 것을 허용할 수 있다. 그 모든 사물들 곁에 바라던 문장이 놓일 수 있다면, 바라는 그 마음으로 인해 사라졌다고 느끼는, 어떤 문장 하나가 나란히 놓일 수 있다면 탁자는 조금은 더 아름다울 것이다. 나는 다시 연필을 잡는다. 나는 다시 한번 시도한다. 새벽의 어슴푸레한 빛 속에서. 하나의 종이 위에서 하나의 연필로. 다시 한번 시도한다. 다시 한번 무언가를 적어 내려간다. 적어 내려가다 멈춘다. 다시 적어 내려간다. 다시 멈춘다.

여행지에서 돌아올 때면 어김없이 사 오는 몇 가지의 사물들. 몇 권의 책과 몇 권의 공책과 몇 자루의 연필들. 모두 읽히거나 쓰여야 할 것들뿐이다. 소모되거나 소진되어야 할 것들뿐이다. 넘치는데도 부족한 것들뿐이다. 채워져야 할 여백만을 상기시킬 뿐이다. 나는 왜 그것들을 반복적으로 욕망하는 걸까. 그것으로 무엇을 얻고 싶은 걸까. 어느 늦은 저녁, 여행에서 돌아온 그대로 몇 달간이나 방치되어 있던 여행 가방 속에서 연필 몇 자루를 발견한다. 연필은 모종의 가능성을 품은 채 다른 사물의 이름을 뒤집어쓰고 있다. 연필은 한결같은 속도로 꾸준히 줄어들 수 있을 것이다. 깎이기 전의 연필의 가능성. 쓰이기 전의 연필의 가능성. 연필은 그 길이 이상의 가능성을 가질 것이다. 타오르기 전의 양초처럼, 쓰이기 전의 텅 빈 공책처럼. 채워져야 할 갈망이 있고 지워져야 할 결핍이 있다. 연필은 받아 적는다. 연필은 받아 적으면서 감춘다.

지난 이월의 동경. 나는 연필 한 자루를 산다. 신주쿠역 근처, 도쿄 오페라 시티의 한 갤러리에서 나는 그것을 산다. 연필은 탁자 한구석에 놓여 있다. 사람들 속에 숨기를 좋아하는 사람처럼 눈에 띄지 않게 놓여 있다. 나는 주저 없이 그것을 산다. 많고 많은 사물들 중에서, 많고 많은 연필들 중에서 바로 그 연필을 산다. "화가가 직접 만들어 소량으로 판매하는 겁니다." 점원은 말한다. 나는 얼굴 모르는 화가가 직접 깎아 만든 나무를 만진다. 연필을 만드는 사람의 얼굴을 생각한다. 어쩌면 그는 열정적으로 그린 그림보다 취미 삼아 만든 작은 연필을 더 많이 팔았는지도 모를 일이다. 연필은 새것인데도 이미 너무 낡았다. 누군가가 오래도록 쓴 연필 같다. 폐쇄 직전의 공원에 놓인 낡은 나무 벤치를

뜯어 만든 것처럼 연필의 표면은 빛바래고 칠이 많이 벗겨져 있다. 나는 연필을 본다. 누군가의 손때에 의해 본연의 얼굴이 드러나길 바라는 연필 한 자루를 본다. 연필 한 면에 적혀 있는 두 줄의 문장을 읽는다. 문장은 너무나 소박해서 울고 싶게 아름답다. 간절히 행운을 바라는 사람이 늘 호주머니 속에 넣고 다니는 포춘쿠키 속 문장처럼 나는 가방을 열어 연필을 맨 앞에 조심스럽게 넣는다.

　어떤 사물들은 그저 하나의 이미지로 간직할 수밖에 없다는 사실로, 그렇게 부재한다는 사실로 존재한다. 그런 사물들이란 영원히 가질 수 없는 것들에 대한 메타포에 다름 아닌 말. 단 한 번 찾아온 뒤 두 번 다신 만날 수 없는 것들. 그리하여 일평생 설명하기 힘든 이미지, 신기루 같은 잔상을 찾아 헤매게 만드는 것들이다. 오랜 친구 케이가 오래도록 찾아 헤맸던 연필도 바로 그런 종류의 사물이었다. 케이는 언제나 질 좋은 지우개가 달린 연필을 갖기 원했고 언젠가 단 한 번 써봤던 흑연의 질감을 잊지 못했다. 이상하게도 나는 케이가 말하던 연필을 본 적이 없는데도 그가 마음속에서 그리고 있는 연필이 무엇인지 똑똑히 알았다. 케이가 가지고 싶은 연필은 언제나 지금 케이가 가지고 있지 않은 연필이라는 사실을. 그리고 케이는 영원히 그 연필을 찾을 수 없으리라는 사실도.

우리가 마지막으로 만났을 무렵, 케이와 나는 낯선 소도시 버스 터미널 매점의 문구점 코너에서 연필 한 자루씩을 사서 나눠 가졌다. 연필은 나무의 질감도, 향도, 꽁무니에 달린 지우개의 질도 좋았지만, 언제나 그렇듯 케이가 찾아 헤매던 그 연필은 아니었다. 케이는 살까 말까 망설이다가 한 자루를 사서 내게 내밀었다. 너는? 내가 묻자 케이는, 네가 하나 사서 줘, 했다. 나는 똑같은 연필을 하나 사서 케이에게 주었다. 말하지 않았지만 우리 둘 다 그것이 작별 선물이라는 것을 알았다. 이후로 우린 두 번 다시 만나지 않았다. 두 번 다시 만나지 못했다.

　　어느 비 오는 저녁, 창문 위로 천천히 굴러떨어지는 빗방울을 바라보다가 문득 케이가 그 연필을 찾았는지 궁금해졌다. 오랫동안 연필을 찾아 헤맸던 사람은 케이가 아니라 바로 나 자신이라고 느껴졌다. 나는 당신이 욕망하는 것을 욕망한다. 케이가 연필 한 자루를 얻음으로써 덧입고 싶어 했던 이미지. 케이 스스로 자신에게 결여되어 있다고 믿었던 사소한 내면적 덕목. 케이의 오랜 마음의 어둠을 조금은 짐작하고 있었지만 그때 나는 어떠한 말도 하지 않았다. 말을 하지 않는 것으로 하나의 영혼에 다가갈 기회를 잃어버렸다. 아무것도 부족하지 않아. 그냥 지금 그대로도 충분해. 어디에도 가닿을 수 없는 뒤늦은 중얼거림은 언제나 조금 아팠다. 나는 케이가 준 연필로 몇 번이고 몇 번이고 케이의 이름을 느리게 느리게 눌러썼다.

묘지 산책자의 편지

오래전 겨울, 파리 몽파르나스의 에드가 키네 대로를 천천히 걸어가던 순간을 생각한다. 안개비가 내리는 이른 새벽. 박명이라 불리는 시간. 잿빛 하늘. 바닥을 뒹구는 검은 낙엽들. 하늘 끝까지 뻗은 헐벗은 나뭇가지들. 축축함. 비탄. 비애. 텅 빈 채로 가득한 충만함. 망설임 속의 설렘 같은 것들.

유난히 추운 겨울이었다. 눈이 많았고 비가 많았고 바람이 많았다. 바람이 많은 건 내 마음도 마찬가지여서 걸을 때마다 팔다리에서 삐걱거리는 소리가 났다. 열망과 절망의 외피를 두른 작고 검은 구멍들이 몸 여기저기에서 자라나던 시절이었다. 에드가 키네 대로는 잿빛으로 고요히 가라앉아 있었다. 나는 묘지를 향해 걷고 있었다. 얼굴 없는 얼굴들을 향해. 목소리 없는 목소리들을 향해. 내 주머니 속에는 몇 장의 편지가 들어 있었다. 보이지 않는 종이에 보이지 않는 펜으로 쓴 몇 줄의 문장들. 언제나 내가 말 걸고 싶은 사람들은 죽은 사람들뿐이었다. 그들은 지독히도 말이 없었다. 완전한 침묵만이 한 존재를 온전히 드러낼 수 있다는 듯이 그들은 심연 그 자체로 놓여 있었다. 그들에게라면 무언가 털어놓을 수 있을 것 같았다. 무언가 들을 수 있을 것 같았다. 어쩌면 누구에게도 말 걸지 않아도 되고 누구도 말 건네지 않는 유령 같은 존재가 되어 세계의 끝 잔디 위를 한나절 정도 산책하고 싶었는지도 모르겠다.

몽파르나스 묘지는 파리 시내에 있는 묘지들 중에서 페르 라셰즈에 이어 두 번째로 큰 묘지이다. 묘지 특유의 음산함이 가득한 페르 라셰즈나 몽마르트르 묘지에 비해 몽파르나스는 어딘가 산책하기 좋은 공원과도 같은 느낌이다. 입구에 들어서자마자 오른쪽으로 보이는 장 폴 사르트르와 시몬 드 보부아르의 묘석. 굳건히 열린 책처럼 네모반듯하게 생긴 묘석 위에 적힌 독립적이고도 다정한 두 개의 이름을 보는 순간부터 나는 한겨울의 그 묘지가 마음에 들었다. 그들을 시작으로 종으로 횡으로 압도하듯 펼쳐진 묘석과 묘석들. 세월의 힘에 의해 묘석의 귀퉁이들은 조금씩 마모되고 빛바래고 있었지만 낡아가는 힘으로 인해 묘석의 주인들은 조용하고도 단호한 침묵의 방식으로 자신들의 존재를 증명하고 있는 느낌마저 들었다. 묘석과 묘석을 쓰다듬듯 만지며 걸어가는 그 순간, 어디선가 글렌 굴드가 연주한 〈골드베르크 변주곡〉이 풀 볼륨으로 흘러나오는 듯한 느낌이 들었다. 언젠가 어느 날의 내 장례식에서 〈골드베르크 변주곡〉이 나직하게 울렸으면 좋겠다고 오래도록 생각해왔기 때문인지도 모르겠다. 실제로 1982년 굴드의 장례식장에서 굴드가 죽기 전해에 레코딩한 〈골드베르크 변주곡〉의 아리아 부분이 하나의 유령처럼 교회당 가득 울려 퍼졌을 때 그 자리에 모인 수천 명의 조문객들이 압도된 듯 꼼짝 않고 서 있었다는 글을 읽은 적이 있다. 사람들을 울게 한 것은 굴드의 피아노 연주가 아니었다.

음표와 음표 사이에서 흐느끼듯 흘러나오는, 굴드의 그 무의식적인 허밍, 완벽한 몰입 속에서 간헐적으로 터져 나오는, 죽어서도 여전히 살아 있는, 한 삶의 육성 때문이었다. 하나의 몸이 지상에서 사라져 보이지 않는 영혼이 되었어도 사라진 몸보다도 더 강렬한 육체성을 지닌 목소리가 있다는 것.

받아든 묘지 안내도를 따라 묘석과 묘석 사이를 거닐며. 사랑하는 예술가들의 이름을 발견할 때마다 오래된 친구를 만나는 기분이었다. 그것은 단순한 죽음의 집이 아니었다. 그것은 내 문학의 출발점을 환기시켜주는 지표였다. 그들의 문장을 밤이 새도록 읽어 내려가던 어린 시절. 그들은 자신의 흔들림을 고백할 때조차도 더할 나위 없이 그 자신으로 존재했다. 그 목소리들은 나보다도 나 자신에 대해 더 많이 알고 있는 것 같았다. 그들은 누구보다도 가까운 나의 친족이었다. 이 생을 떠날 때 그들은 저마다의 흰빛을 잘 따라갔을까. 나는 그들의 문장과 음악과 그림들을 쓰다듬듯이 묘석을 쓰다듬으면서 걸었다. 마르그리트 뒤라스, 만 레이, 모파상, 사뮈엘 베케트, 외젠 이오네스코, 트리스탄 차라, 자드킨, 세르주 갱스부르, 브란쿠시…… 그리고 마침내 그토록 만나고 싶었던 샤를 보들레르의 묘석에 이르렀을 때…….

'가엾은 나의 영혼이여! 가방을 꾸려 토르네오로 떠나자. 그보다 더 멀리로 가자. 발틱해의 맨 끝으로 가자. 아니, 가능하다면, 삶으로부터 더 멀리 떨어진 곳으로. 북극에 가서 자리를 잡자. 그곳에서는 태양이 땅을 겨우 비스듬히만 스치고 낮과 밤의 느린 교대가 변화를 제거시키고 단조로움을, 이 죽음의 반쪽 부분을 배가시킨다. 그곳에서 우리들은 북극광이 우리들을 즐겁게 하기 위해 때때로 마치 지옥의 인공의 불의 반사 같은, 그들의 장밋빛 빛다발을 보내는 동안, 긴 어둠 속에 잠길 수 있을 것이다! 마침내 나의 영혼은 폭발한다. 영혼은 현명하게 나에게 외치는 것이다! 어느 곳이라도 좋소! 어느 곳이라도! 그것이 이 세상 밖이기만 하다면.'[6]

보들레르는 묘지의 서쪽 끝에 은거라도 하듯 조용히 누워 있었다. 열일곱 살 무렵 로트레아몽과 함께 열렬히 사랑했던 보들레르. 작은 섬마을의 하나밖에 없는 서점에서 보들레르의 『파리의 우울』을 사 들고 집으로 돌아오던 저녁의 두근거림이 아직도 잊히지 않는다.

보들레르는 『파리의 우울』을 일컬어 보다 많은 자유와 디테일, 영혼의 폐부를 찌르는 날카로움을 얻은 '악의 꽃'이라고 말하며, 리듬과 각운이 없으면서도 충분히 음악적이며, 영혼의 서정적 움직임과 의식의 경련에 걸맞을 만큼 유연하면서도 거친 시적 산문이라고 정의했다.

그의 의붓아버지였던 자크 오픽 대령의 이름 아래 가족묘에 함께 묻혀 있는 보들레르의 묘석은 그가 써 내려갔던 광기와 도취에 사로잡힌 문장들과는 어울리지 않는 어떤 조형적인 아름다움을 간직하고 있다. 묘석 위에 놓인 꽃들과 편지와 지하철 티켓과 몇 시간 전까지도 타올랐을 것 같은 작은 양초들. 그의 묘석은 몽파르나스에서 찾는 이가 가장 많은 묘석 중의 하나다. 진심으로 좋아하는 것들에게는 도리어 말 한마디 붙여보지 못하는 소심한 성격이 그 무덤가에서도 어김없이 드러나는 바람에 나는 왠지 수줍어하며 보들레르의 묘지 주변을 오래오래 서성였다.

누구보다도 파리를 사랑했기에 누구보다도 파리를 증오했던 시인. 필생의 역작인 『악의 꽃』의 부진으로 실의의 나날을 보내던 중 저주라도 퍼붓듯 파리를 떠나 브뤼셀로 옮겨간 그는, 그러나 살기 위해 떠난 그곳에서 생을 마감한다. 보들레르가 파리를 떠난 뒤 파리에서는 말라르메와 베를렌과 같이 보들레르를 숭배하는 젊은 열광자들이 나타나기 시작했지만 그는 파리에 대한 뿌리 깊은 환멸과 함께 자신들의 스승이 되어줄 것을 바라는 젊은 세대들에게 자신의 길을 스스로 찾을 줄 모르는 자들이라며 경멸을 보내며 파리로 돌아가지 않는다. 파리에서와 마찬가지로 브뤼셀에서도 막대한 빚에 쫓기며 일정한 거처 없이 살아가던 보들레르는 매번 빚을 질 때마다 그러했듯 다시 그의 어머니의 집이 있던 옹플뢰르로 가서 돈을 받아 빚을 해결한다. 뇌출혈을 일으켜 실어증의 나날을 보내다 죽기 이 년 전쯤, 그는 또다시 돈을 마련하기 위해 프랑스로 떠나고 짧은 체류 끝에 다시 브뤼셀로 돌아가기 전 동료였던 생트뵈브에게 이런 메모를 남긴다.

저는 지옥을 향해 떠납니다…….

그의 묘석 곁에 한참 동안 서 있을 때, 묘석 위에 놓인 그의 사진이 무언가 말을 걸어왔다. 나는 한발씩 다가갔다. 그리고 오래전 읽었던 그의 글을 떠올리며 그에게 어떤 질문을 했다. 보들레르는 나의 질문을 듣더니 그 질문 그대로를 다시 대답으로 돌려주었다. 우리는 오랜 시간 서로에게 같은 문장으로 질문과 대답을 반복했다. 제대로 된 작별 인사 끝에 제대로 다시 보들레르와 만나기 시작했다는 것을 알았다.

내게는 슬픔이나 두려움에서 벗어나는 방법이 하나 있지만, 항상 성공하는 것은 아니다. 그 방법이란 내 주위의 사물이나 사람들을 될 수 있는 한 최대로 집중해서 바라보는 것이다. 그들을 응시하는 것. 아주, 아주 주의깊게 바라보면 갑자기 이 세상 모든 것을 마치 처음으로 보는 것 같았다. 그러면 그것은 이해할 수 없고 이상해졌다.[7]

보들레르와 작별 인사를 하고 다시 동쪽으로 걸어나와 몽파르나스 묘지의 대로를 따라 남쪽으로 걸어가다 보면 오른편에 이오네스코의 묘석이 놓여 있다. 생몰 연대를 봐도 알 수 있지만 그나마 비교적 최근의 죽음이어서인지 반듯하고 널찍한 묘석은 왜 그런지 이오네스코의 연극적 농담처럼 느껴지기도 했다. 그의 묘석 앞에 서서 나는 맨 처음 그의 희곡들을 접했던 날들을 떠올렸다. 중학생 시절 학교 도서관에서『대머리 여가수』를 읽었던 순간을 떠올린다. 알 수 없는 제목의 힘에 이끌렸는지도 모르겠다. 대머리 여가수가 등장하지 않는 것도 신선했던 기억. 나는 그에게 빚진 것이 많다고 생각했다. 내가 언어를 대하는 감각의 일부도 그의 희곡들에서 배운 것이었다. 이오네스코의 묘석 앞에 서 있는데 갑자기 하늘이 개더니 해가 나왔다. 묘석 위의 거대한 십자가 위로 내 그림자가 겹쳐졌다. 나는 묘석 귀퉁이를 테이블 삼아 작은 수첩에다 짧은 편지를 썼다. 손이 곱을 정도로 추운 날씨였지만 하고 싶은 말이 너무 많았다.

『외로운 남자』는 이오네스코가 쓴 단 하나의 장편 소설이다. 예기치 못한 유산을 물려받고 인생 경주에서 완전히 물러나기로 작정한 남자. 그가 속한 모든 사회와의 관계를 끊은 뒤 자발적인 유폐 상태에 자신을 가둔 남자. 존재의 인식과 불안을 낱낱이 따져보는 남자.

삶과 화해하지 못하는 남자가 한 개인으로 남은 채 오랜 명상과도 같은 세월을 보낸 뒤에 비로소 존재의 대지 위에 첫발을 내딛게 되는, 기이한 섬광과도 같은 순간을 목도하면서 끝나는 소설.

이오네스코가 천진난만하면서도 깊은 통찰이 담긴 눈빛으로, 생전에 몽파르나스의 높다란 아파트에서 거리를 내다보듯, 저 하늘 어딘가에서 자신의 묘석을 내려다보고 있을 것만 같은 생각이 들었다.

이오네스코를 지나 몽파르나스에서 가장 화려한 무덤인 샹송 가수 세르주 갱스부르의 묘석을 지나면 맞은편 대각선 방향으로 사뮈엘 베케트가 누워 있다. 베케트의 묘석은 눈에 띄지 않으려고 작정이라도 한 듯 단출하기 그지없었다. 나는 그 단출함이 베케트답다고 생각했다. 살아 있던 때와 마찬가지로 조용하고도 강력한 존재의 그림자를 드리운 채로 그저 유령처럼 있어주어서 고마운 마음마저 들었다.

언어의 투명성에 대한 회의로부터 비롯된 '말하여질 수 없음'을 끊임없이 말해온 베케트는 그 장광설과도 같은 중얼거림에도 불구하고 침묵의 작가라고 불린다. 실재의 근사치를 드러낼 뿐인 언어의 불가능성, 그로부터 시작되는 예술적 재현의 불가능성을 탐구한 그의 작업들. 침묵으로 향하기 위해, 침묵으로 향할 수밖에 없는, 그의 단속적이고 반복적인 문장들. 고안해낸 특유의 언어 게임 속에서 부질없는 기다림과 침묵을 반복하며 존재와 세계가 그 스스로 실체를 드러내기를 기다렸던 작가. "예술가가 된다는 것은 실패한다는 것이다……실패야말로 예술가의 세계이다"라는 말과 함께 말년에는 그의 작품들을 향해 "침묵과 무無 위에 남긴 불필요한 오점(an unnecessary stain on silence and nothingness)"이라고 평했던 작가. 깊게 주름진 얼굴 위로 꿰뚫어보듯 매서운 독수리의 눈. 그의 얼굴은 부조리한 세계에 아무렇게나 던져진 상황에도 불구하고 존재의 조건들로부터 도피하지 않고 고집스럽게 나아갔던 자의 얼굴을 하고 있다. 그 얼굴이야말로 그의 문학을 가장 잘 증언하는 것이 아닐까, 언어의 부조리함을 묻고 또 묻는 문학적 고투를 그대로 드러내는 얼굴이 아닐까 하는 생각이 들었다.

> 가능한 한 세계를 죽은 자의 관점으로 바라보라. 동화 속에서나 가능한 허황된 짓. 그러나 그렇게 하면 모든 것이 별안간 중요해지며 그 의미가 확연히 드러난다.[8]

한쪽 어깨 위에 보이지 않는 작은 새 한 마리를 올려놓고서 '오늘이 그날인가' '오늘이 바로 그 마지막 순간인가'라고 물으며 순간순간을 생의 마지막처럼 깨어 있는 연습을 했던 수행자처럼 묘지라는 장소는 생에 대한 깊은 명상 속에 들게 했다.

묘지는 세계 안에 있었다. 죽음은 우리 삶의 한가운데에 그렇게 버젓이 오롯이 있었다. 묘지와 묘지를 순례하는 동안, 묘석과 묘석을 쓰다듬으며 걸어 다니는 동안, 나는 내게 조금은 더 지칠 만한 힘이 남아 있다는 것을 알았다. 무언가 쓸 것이 더 남았다는 것을 알았다. 계속해서 글을 쓰는 사람으로 살아갈 수 있을지 확신할 수 없었지만 조금만 더 나아가보자고 다짐했다.

묘지에서 돌아오던 날, 파리의 어둡고 좁은 지하철에 앉아 무심코 발아래를 내려다보는데 신발 앞코에 젖은 나비 날개가 붙어 있었다. 나도 모르는 사이 나비를 밟아 죽였구나 생각했다. 그러나 자세히 보니, 그건 어느 묘지에든 피어 있던 무수한 꽃들 중 하나였다. 나비를 죽이듯 꽃을 죽이고 돌아왔는지도 모를 일이었지만 나는 그것을 하나의 계시로 받아들였다.

조금만 더 울어도 좋다고, 조금만 더 절망해도 좋다고, 누군가 말해주는 것 같았다. 나는 조금만 더 울기로 했다. 조금만 더 절망하기로 했다. 조금만 더 나아가기 위해서. 조금만 더 날아가기 위해서.

순간 속에서 순간을 향해

멀리 있는 것들을 본다. 순간의 속도로 무한 증식하는 사물들. 매 순간 사라지며 나타나는 장면들. 낱낱인 그것들을 가로로 세로로 위로 아래로 규칙 없는 규칙 속에서 이렇게 저렇게 배열한다. 모호한 기준들 속에서, 지극히 개인적인 감각들, 색채나 구도, 질감, 비례 혹은 균형에 대한 본능적이고도 직관적인 감각을 따라서, 아름다움에 대한 헛된 열망을 느끼며, 좋아하는 단어 카드를 집는 어린아이의 심정으로, 더듬거리는 자가 간신히 내뱉는 입 속의 어둠처럼. 낱낱의 장면들이 어떤 이야기를 만들어내고 있는지 알지 못하는 채로, 그 이야기 끝에서 만나게 될 백지상태의 감정을 미처 상기하기도 전에. 그리고, 이 이상한 배열들 위로 떠오르는 흐릿한 이미지가 결국은 단 하나의 장면 속에 숨겨져 있던, 언제나 충동적으로 사로잡히는 바로 그 이미지라는 것을 알아차린다. 그리하여, 하나의 풍경 속에서 힐끗 본 이미지가, 결핍이, 낙차가, 또 다른 단면과 단편들 속에서, 무수한 순간들의 총합 속에서 되살아나고 있다는 것을 느낀다. 그러나, 이내 이 모든 순간들이, 우기가 끝난 한여름의 보도블록 위를 느리게 기어가는 지렁이 한 마리가 그리는 희미한 궤적처럼 무용하다고 느끼는 순간, 그렇게 새로운 배열을 기다리는 미지의 이미지로 사라져가는 순간, 다시 자기 자신에게로 돌아오게 되는 순간, 그런 순간.

중요한 것은 이 세계가 아니다. 이 세계의 조건이 아니다. 나무는 어제보다 조금 더 자란다. 구름은 어제보다 조금 더 죽는다. 바람은 어제보다 조금 더 짙어진다. 하늘은 어제보다 조금 더 멀어진다.

그 겨울, 작고 검은 개를 끌고 가던 작고 늙은 여자는 시공의 흐름을 감각하지 못한 채로 몇 개의 계절을 건너뛰어 지구 반대편에서 또 다른 작은 개 한 마리에 의지해 한낮의 빛 속으로 사라져간다. 언젠가의 쾌청한 하늘을 가르던 희미한 비행운은 과거의 미래의 모퉁이를 거슬러 유년의 나무 아래 앉아 있는 내 어머니의 머리 위를 다시 날아간다. 이름 모를 봄날의 정원에 숨어든 흰 줄무늬 고양이는 그로부터 몇 달 뒤 태어나자마자 어미에게서 버림받는다. 뒤섞인 과거와 현재와 미래에서 태어나는 낱낱의 사물들과 풍경들이 또 다른 낱낱의 시간과 공간으로 이식되는 것을 바라봄으로써, 중첩되어 쌓이는 것을 바라봄으로써, 나는 그것들 속으로 간다. 아름다움 속으로, 안간힘 속으로, 오직 순간 속에서만 솟아올라 순간 속으로 사라져가는 영겁회귀의 도식 속으로.

세계의 모든 사람과 사물들은 다른 시간과 공간 속에서 같은 방식으로 살아간다. 보편성 속의 고유의 차이를 발견하는 것, 그 미세한 차이를 밝히는 것. 그러나 무엇을 어떻게 쓸 수 있을까. 순간을 기록하려고 할 때마다 느끼는 절망감을 무엇이라 말할 수 있을까. 이렇게 속수무책인 느낌이 드는 것은 그것이 사물의 그림자를 새기는 일, 언제나 뒤늦을 수밖에 없는 시간을 좇는 일이기 때문만은 아니다. 시공을 순식간에 이동한 듯한 느낌을 받게 되는 순간들은, 나를 둘러싼 이 조건들로부터 문득 초월한 듯한 느낌이 드는 순간들은, 그러니까 시적인 순간들은, 어떤 말로도 드러낼 수 없는 순간으로 여겨지기 때문이다. 그것은 어쩌면 각자가 직면하게 되는 무한 앞에서 느끼는 감정과도 닮은, 하나의 한계로 인식해왔던 저마다의 지평을 한 뼘 더 넓혀나가게 되는 순간인지도 모르겠다. 심장을 울리는 이러한 충만한 순간들은 거대하거나 숭고한 풍경 앞에서만 포착할 수 있는 것은 아니다. 오히려 내게는 아주 사소하고 익숙한 일상에서 문득 이전과는 달라진 흔적과 기미를 느낄 때 발현되는 경우가 많다. 나아가 이런 순간들보다는 그것들을 기록하려는, 말할 수 없는 순간을 끈질기게 말해보려고 고군분투하는 상태, 절망과 피로가 뒤범벅된 상태에서, 그런 상태에서 조금이나마 나아가게 될 때, 나와 사물과의 관계가 이전과는 다른 시각으로 읽힐 때, 내 속의 공간이 조금은 넓고 깊어짐을 느낀다.

어떤 주제나 소재를 찾으려고 굳이 애쓰지 않으면서, 무엇을 쓰는지 모르는 채로 써 내려가는 것. 삶에 대한 애정을 견지하면서. 재능과 용기를 끝없이 불러내면서. 지속적으로 규칙적으로 조금씩 써 나간다는 것.

오랜 시간이 흐른 후에야, 시간과 시간이 어긋난 뒤에야, 그 어긋남이 나를 나 자신이게 했음을, 내가 나 자신일 수밖에 없었음을, 어떤 회한 섞인, 그러나 안도의 마음을 가지고 되돌아보게 되는 순간. 그런 순간. 그런 순간이야말로 죽음에 가까워진다는 것을 깨닫는 순간인지도 모르겠다. 그리고 바로 그 순간 뒤늦게 다시 태어나는 건지도 모르겠다.

　　도착하는 순간에야 알 수 있는 것을, 그 무엇을 기다리면서. 매일의 책상 위에서. 삶의 흐름을 따라가면서. 흐릿한 믿음에 의지한 채로, 모든 순간을 다시 의심하고 부정하면서. 알고 있던 이름을, 얼굴을, 표정을, 색깔을, 소리를, 거리를, 공간을 잊고. 마치 처음 본다는 듯 이 세계를 바라보면서. 손가락과 심장으로. 순간 속에서 순간을 향해.

아침의 나무에서 새벽의 바다까지

아침의 나무

아침의 나무는 아침의 나무로 서 있다. 조금씩 환해지는 햇빛 아래에서, 소란한 고요 속에서, 하늘을 향해 두 팔 벌린 아이처럼, 무한의 경계를 알고자 하는 눈먼 사람처럼. 이 섬의 나무들은 모두 바다를 향해 기울어진다. 물결의 리듬에 조응이라도 하듯이. 이 숲의 서늘한 기운은 정오의 열기에 비례해서 더욱더 짙어진다. 세계는 숲이라는 둥글고 투명한 장막 저편으로 천천히 멀어진다. 그러다 다시, 식어가는 열기 뒤에 맺힌 물방울처럼 이 숲은 세계의 그림자를 되비춘다. 대기 중의 입자들이 파동으로 번지며 단조의 음조로 흐르고 있다. 세상에 없던 소리가 일순간 흘러넘친다. 이 숲의 숨막힐 듯한 웅성거림이 누구의 것이냐고 들리지 않는 목소리가 묻는다. 나는 말한다. 나무의 것만은 아닐 거예요, 나무 그 자신만의 것은. 우리가 우리 자신만의 것이 아니듯이. 이것이 이 숲의 비밀이다.

이 섬으로 옮겨온 지도 오래되었다. 이십 년이 넘어가니 이제 고향이나 다름없다. 대학에 진학하면서 섬을 떠난 뒤로 십여 년 동안 이런저런 일을 하며 다른 도시에서 지낼 때조차도 마음은 늘 이 섬에 머물러 있었다. 도시의 숱한 불면의 밤을 건널 때에도 멀리서 굳건히 출렁이며 넘실대기를 반복하던 굴곡진 섬의 가장자리들. 그 시원의 이미지를 마음속으로 잠깐 떠올려보는 것만으로도 내가 잃어버린 것이 무엇인지, 잊어버린 것이 무엇인지, 즉각적인 대답을 들려주던 내밀한 목소리. 이 섬은 내게 어제의 섬이 아니다. 내일의 섬도 아니다. 다만 오늘의, 이 순간의, 기꺼이 길을 잃고자 하는 자만이, 기어이 길을 찾고자 하는 자만이 발견하게 되는, 길잡이 영혼으로서 존재하는 곳.

아름다운 풍광으로 인해 관광지로도 이름난 곳이지만 나는 이 섬의 사소하고도 평범한 일상의 풍경들에 더 눈길이 가곤했다. 바다가 내려다보이는 집 근처의 좁고 긴 해안 산책로, 흔하게 볼 수 없는 숲속 동물들을 만나는 즐거움이 있는 동네 뒷산, 수다한 이야기가 넘쳐나는 오래된 횟집 골목, 그리고 이제는 사라져버린 유년의 장소들. 너무 사소해서 보잘것없어 보이는 풍경들. 어쩌면 그것들은 비현실적인 공간의 비현실적인 이미지들인지도 모르겠다. 기억은 흩어진다. 나는 손가락 사이로 빠져나가는 모래알을 그러쥐듯 자꾸만 흩어지는 그것들을 쓸어 모은다. 완성된 그림의 전체상에 대해 어떠한 힌트도 주어지지 않은 퍼즐 조각을 맞추는 일처럼 나는 낱낱으로 분해되고 분절된 이미지들을 손바닥 위에 올려놓으려고 애쓴다. 그러나 그것은 진정 나의 기억일까. 내가 말하고 싶은 것들은 어쩌면 내 기억 밖의 일들뿐인지도 모르겠다. 경험과 학습을 통해 받아들인 이런저런 정보들이 머릿속 기억의 방에 차곡차곡 쌓인다. 기억의 방을 통해 몸밖으로 흘러나온 기억은 순간순간 입력되는 새로운 경험과 뒤섞여 또다시 재구성되고 저장된 기억은 입 밖으로 나오면서 다시 흩어진다. 재생되는 장면 장면들이 실제로 존재했는지는 그리 중요하지 않다. 그것이 매 순간 내 속에서 새롭게 발현되고 발생되고 있다는 사실이 중요하다.

　　태초의 기억으로 되살아난 이미지들이 나를 흔든다. 나를 어딘가로 밀어 올렸다 밀어 내린다. 어릴 적 어둡고도 밝은 이층집 다락방 창틀에 턱을 괴고 앉아 몇 시간이고 몇 시간이고 바라보던 바다의 물결처럼. 해가 지고서도 해가 뜨고서도 멈추지 않던, 멈출 줄 모르던, 반복되면서 무한히 변주되던 파도의 리듬처럼. 언제부턴가 내 기억 속 이미지들은 하나의 명확하고 고정적인 이미지로서 완성되지 않는다. 그것들이 하나의 선명한 그림으로 완벽하게 짜 맞춰지는 것보다는 너무나도 사소해서 스쳐 지나치기 쉽지만 오히려 그렇기에 의식 저 너머에 묻어둔 비밀스러운 시공간을 불러낼 수 있는 결정적인 단서들로 기능하는 채로 조각조각 흐릿하게 흩어져 있는 편이 내게는 더욱 가득하고 아름답게 느껴진다. 잡을 수 없는 찰나의 빛들이 그러하듯 그것이야말로 실재라고 느껴진다. 그런 풍경의 파편이 이 섬의 곳곳에 남아서 그것들에 걸맞은 언어를 기다리고 있기에, 저 깊은 마음의 우물 바닥으로부터 기억의 편린을 길어 올릴 수 있게 해주는 숲과 바다가 있기에, 나는 이토록 오래도록 이 섬에 살면서도, 매 순간 새롭게, 잠시 머물렀다 떠나는 여행자처럼, 기쁘고 행복한 마음으로 살아가고 있는지도 모르겠다. 고향과도 다름없는 곳에서 여행자로 살아간다는 것. 애써 찾아가지 않아도 바로 곁에 존재의 본질을 보여주는 무구하고도 묵묵한 자연이 무한히 펼쳐져 있다는 것은 흔치 않은 행운이다.

무덤의 바람

아침을 지나 정오에 다다른다. 정오의 숲 또한 평범하고도 비밀스러운 산책지들 중의 하나이다. 언제였나 어느 날, 산책의 습관대로 길을 나섰다 문득 집 근처의 해안 절벽 길 가장자리를 따라 걷고 있었다. 위태롭게 깎아지른 까마득한 절벽 아래로 검푸른 바다가 무심히 출렁이고 있었다. 바다의 표면 위로는 지중해의 섬에서나 볼 수 있을 법한 눈부시도록 흰 뭉게구름이 손에 잡힐 듯이 단단한 밀도로 뭉쳐져 뭉실뭉실 떠 있었다. 익숙한 산책로 대신 이 정오의 숲길로 들어서게 된 것은 마음 깊이 길을 잃어버리고 싶은 생각 때문이었는지도 모르겠다. 고향의 산과 바다에 익숙한 사람들이 그러하듯, 자주 많이 길을 잃어본 사람들이 그러하듯, 행여나 길을 잃는다고 해도 언제든 언제고 다시 제대로 된 길을 찾을 수 있으리라는 믿음이 있기에 가능한.

정오의 숲은 초입부터 음습한 기운이 강하게 밀려오는 탓에 들어서길 주저하던 길이었다. 수풀로 들어서자마자 내가 알던 익숙한 세계와 완전히 분리된 듯한 느낌을 받는다. 미지의 문은 어느 날 뜻하지 않은 순간에 활짝 열린다. 쏟아져 내리는 햇빛이 나무와 나무의 그림자를 엮어내며 땅 위로 그들만이 만들어낼 수 있는 불연속적인 무늬를 그리고 있다. 가지 사이로 번지는 녹색의 빛이 걸어가는 발밑마다 녹색의 향기로 스며든다. 바람에 흔들리는 엷은 인견 조각처럼 사위의 공기가 부드럽게 일렁인다. 시간은 흐르면서 멈춘다. 멈추면서 흐른다. 모든 것이 일순간 멈춘 듯한 고요. 정오의 숲은 갑자기 새벽의 희붐한 어둠을 불러낸다. 시간과 공간이 뒤섞이며 익숙한 차원을 넘어서는 곳으로 이행할 때 현실과 비현실의 경계는 인식해왔던 대로 그렇게 명료한 것이 아님을 알게 된다. 고요의 한가운데를 뚫고 멀리서 풀벌레 울음소리가 들려온다. 그 소리에 호응하듯이 파도 소리가 덧입혀졌다 사라지기를 반복한다. 새들 또한 이 나무에서 저 나무로 옮겨 다니며 자신의 노랫소리로 제 존재를 드러낸다. 울고 있는 존재는 노래하는 존재라는 듯이. 울음과 노래는 매번 서로의 자리를 뒤바꾸는 것으로 제 존재를 넓혀나간다. 숲의 그늘이 짙어질수록 환한 정오의 거리에서는 볼 수 없었던 사물의 영혼이 하나둘 나타나기 시작한다. 보이지 않고 들리지 않는 것들이 조금씩 제 모습을 드러낸다. 숨 가쁘게 이어지는 일상의 리듬 속에서는 들여다볼 수 없는 마음 길 한 자락이 들려오는 울음소리를 닮아간다. 기꺼이 길을 잃음으로써 새로이 만나게 된 길은 너무 어두워 보이지 않던 제 마음을 어둠 그대로 보여준다.

어디선가 바람이 불어온다. 한 발 한 발 숲속으로 더 깊이 들어갈 때마다 새로운 야생화 군락지들이 하나 둘 나타난다. 야생의 꽃들은 인공적으로 재배된 꽃들이 지닐 수 없는 개별적인 색과 형태 그 자체로 특유의 빛을 뿜어낸다. 불규칙성 속의 규칙적인 구조에 감탄하면서, 우연성 속의 필연적인 배열에 찬탄하면서, 그것들을 쫓아 걷는 사이 나는 내가 모르는 장소로 깊이 들어와 있다는 것을 알아차린다. 어디선가 곤충의 날개 비비는 소리가 들려온다. 소리가 시작되는 곳을 바라보며 한참을 앉아 기다린다. 그러나 날개 달린 것들은 좀처럼 나타나지 않는다.

오래도록 누구와도 말하지 않고 지내던 시절이었다. 혼잣말이 늘어가던 날들이었다. 아무도 그립지 않고 더는 누구도 믿지 않던 날들이었다. 그런 사실이 조금은 쓸쓸해지던 날들이었다. 몇 발짝 걷지 않아 나는 어떤 목소리 하나를 듣는다. 누군가가 사라진 뒤에도 끊임없이 되살아나는 목소리들. 나는 내게로 날아들기를 기다렸던 보이지 않는 날개들로부터 시선을 거두어 아직 나아가지 않은 저 너머의 길을 바라본다.

어느새 정오의 빛이 기울어가고 있다. 해안 절벽 가장자리. 한 치의 여백도 없이 빽빽하게 서 있던 나무들이 서로의 간격을 늘려가는 것으로 서로에게 작별을 고한다. 나무들이 모습을 감추어갈 때 시야가 환해지며 작은 들판이 나타난다. 그 끝자락에 자리 잡은 몇 개의 무덤들. 무덤들은 자신의 자리가 마땅히 그곳에 있어야만 한다는 듯 너무나도 자연스럽게 바다와 산의 빛깔과 조화롭게 어우러져 놓여 있다. 이미 죽은 자들이 둥글고 검은 흙 속에 누운 채로 밀려갔다 밀려오는 파도의 소리를 듣고 있다. 아침에서 정오까지, 자정에서 새벽까지. 무덤 뒤로는 무한한 수평선이 펼쳐져 있다. 그리고 두 눈 가득 출렁이는 윤슬의 빛. 일순간 세상이 이전과는 다른 빛 속으로 스며들어가는 것을 목격하는 일은 그리 어렵지 않다. 현실의 경계를 가뿐히 넘어가는 빛. 마음이 흔들린다. 순간 목구멍에서 나직한 소리가 흘러나온다. 그것이 노래인지 울음인지는 분명하지 않다. 나는 그 소리를 그대로 둔다. 그것들 위에 어떠한 의미도 붙이지 않는다. 의미를 입은 낱말과 문장 대신 그저 흘러나오는 음音 그대로를 따라간다. 어떤 풍경들 앞에서는 그저 모음으로 내뱉는 소리만으로도 족하다. 지극히 일상적인 풍경들 위로 문득 세계의 너머를 드러내는 숭고한 빛 한줄기가 스며들 땐 더욱더 그러하다.

장 그르니에는 그의 작고 아름다운 책 『섬』에서 가장 아름다운 명소와 가장 아름다운 바닷가에 무덤들이 놓여 있는 것은 우연에 의한 것만은 아니라고 썼다. 그곳에는 너무나 젊은 나이에, 자신들의 내부 속으로 비추어져 들어오는 그토록 많은, 넘칠 듯한 빛을 보고서 겁을 먹은 사람들이 누워 있다고도 썼다. 이 섬 역시도 풍광이 좋은 곳에는 어김없이 무덤이 놓여 있다. 산 자와 마찬가지로 죽은 자에게도 찬란한 빛은 필요한 법이니까. 남겨진 자의 가장 깊은 애도의 방식으로서. 죽은 자들이야말로 환하고 깊은 숨결 속에 놓여 있어야 하는 존재들이니까.

어릴 적 학교 소풍 장소로 이어지던 산길의 중턱에서도 흔히 만날 수 있었던 무수한 무덤들. 아이들과 함께 동그랗게 둘러앉아 손수건 돌리기를 하거나 장기 자랑을 하고 도시락을 먹고 보물찾기를 할 때에도 늘 그 곁에 하나의 배경처럼 놓여 있던 숱한 무덤들. 죽음에 대한 깊은 자각이 없었던 시절에도 그것이 그저 단단하게 뭉쳐진 둥근 흙덩어리로만 여겨지지 않았다는 사실은 이상한 일이다. 우리는 누군가 죽어 있는 바로 그 곁에서 살아가고 있다는 것을 아주 어렸을 적부터 느껴 알게 된 것도 무덤을 품은 채로 펼쳐지는 이 섬의 고아한 풍취 덕분인지도 모르겠다. 무덤에는 무덤의 꽃이 자란다. 계절마다 계절 고유의 풀과 꽃들이 피었다 사라진다. 매번 다른 꽃들 위로 매번 다른 바람이 불어온다.

새벽의 바다

태양이 저물어가면 무덤의 색도 바다의 색도 점점 어두워진다. 어둠 속에서 그것들은 더욱더 빛을 발한다. 빛을 감추는 것으로 어둠은 존재가 색과 형태를 벗고 본질만을 남기는 방식을 가르치고 있다. 반복 변주되면서 절정으로 치닫다 다시 하강 곡선을 그리며 끝을 맺는 음악처럼. 존재는 결국 처음의 얼굴을 되찾으며 왔던 곳으로 되돌아간다.

어둑어둑한 길을 계속 따라 올라가다 보면 어둑한 공터가 나타난다. 공터 구석에는 낡고 오래된 나무 그네 하나가 흔들리고 있다. 그리고 곧이어 어느 날의 나의 늙은 부모님의 얼굴이 보인다. 지친 다리를 쉬어가려고 그네에 앉아 있다. 부드러운 곡선을 그리며 그네가 흔들린다. 그네와 함께 조금씩 조금씩 흔들리던 어머니와 아버지의 얼굴이. 말할 수 없는 말로 번지던 오래된 미래의 얼굴이. 쓸쓸해서 아름다운 옛날의 마음이 보이지 않는 곡선을 그리며 낡은 그네를 영원히 밀어 올리고 있다. 어두워져가는 저녁의 빛 속에서 한 시절의 기억이 희미하게 떠오르고 있다. 그 빛은 굳이 숲의 끝까지 걸어 들어가지 않아도 내 마음속에서 오래도록 흔들리고 흔들리던 것이었다. 천천히 천천히 두 눈 가득 차오르던 것이었다. 세월이 흘러도 지워지기는커녕 점점 더 선명해지는 빛과 그림자가 있다. 나는 이 비밀의 산책지의 출구와 입구를 의도적으로 잊어버리기로 한다. 이름 없는 것들의 이름을 잊는다는 것은 애초에 불가능한 일이니까. 끊임없이 불어오고 불어가는 바람의 노래로, 파도의 물결로, 그 이름들은 매번 돌아올테니까.

한낮의 빛이 완전히 물러난 자리를 대신해서 소리가 짙어진다. 어둠 속에서 존재는 소리로만 몰려온다.

소리는 빛보다 더 명징하게 하나의 세계를 보여준다. 아침의 바다는 정오를, 저녁을, 자정을 건너 어느덧 새벽에 도착해 있다. 밝아오기 직전의 어둠 속에서 사물과 세계가 점점이 잠겨 들고 있다. 물결마저도 잠들어 있는 순간. 죽은 듯 잠들어 있는 물고기의 마음 같은 것에 대해 무언가 적어 내려갈 수 있을 것도 같다. 바다는 멀고 가깝다. 사람은 자신으로부터 가장 멀고 가장 가깝다. 이 바다가, 다시 밝아오는 이 새벽의 빛이, 누구의 것이냐고 누군가가 묻는다. 나는 말한다. 바다의 것만은 아닐 거예요, 바다 그 자신만의 것은. 우리가 우리 자신만의 것이 아니듯. 이것이 이 섬의 비밀이다.

체첵―꽃의 또 다른 이름
《현대시학》 2015년 5월 호에 쓴 글을 재수록했다.

어떤 음악은 눈물처럼 쏟아진다
[1] 미요시 다쓰지,『미요시 다쓰지 시선집』, 소화
[2] 에크하르트 톨레,『삶으로 다시 떠오르기』, 연금술사

그 빛이 내게로 온다
[3] 이제니,『왜냐하면 우리는 우리를 모르고』, 문학과지성사

사물에 익숙한 눈만이 사물의 부재를 본다
[4] 제이 그리피스,『땅, 물, 불, 바람과 얼음의 여행자』, 알마

마전―되풀이하여 펼쳐지는
『있지도 않은 문장은 아름답고』(현대문학)에 쓴 글을 재수록했다.

미지의 글쓰기
《리토피아》 2008년 겨울 호에 쓴 글을 재수록했다.

어둠 속에서 어둠을 향해
[5] 클로드 레비스트로스,『슬픈 열대』, 한길사

묘지 산책자의 편지
[6] 샤를 피에르 보들레르,『파리의 우울』, 문학동네
[7] 외젠 이오네스코,『외로운 남자』, 문학동네
[8] 외젠 이오네스코,『외로운 남자』, 문학동네

말이 표현하는 힘이 사라진 곳, 바로 거기에서 음악이
시작됩니다. 말로 표현할 수 없는 것을 위해 음악을
만들죠. 그림자에서 나온 듯한 낌새가 있는, 그것이 있던
곳으로 순식간에 돌아가는 그런 음악. 언제나 삼가듯이
처신하는 사람 같은 그런 음악을 쓰고 싶습니다.

ㅡ 시이나 료스케, 『에릭 사티, 이것은 음악이 아니다』, 북노마드

말들의 흐름 10

새벽과 음악
Dawn and Music

1판 1쇄 펴냄 · 2024년 1월 25일
1판 4쇄 펴냄 · 2024년 4월 8일

지은이 · 이제니
펴낸이 · 최선혜

편집 · 최선혜
디자인 · 나종위
인쇄 및 제책 · 세걸음

펴낸곳 · 시간의흐름
출판등록 · 제2017-000066호
주소 · 서울시 마포구 토정로 33
Email · deltatime.co@gmail.com

ISBN   979-11-90999-17-5 04810
       979-11-965171-5-1(세트)